傅斯年讲诗经

民国大师经典书系

傅斯年 / 著

北京理工大学出版社

图书在版编目（CIP）数据

傅斯年讲诗经 / 傅斯年著. — 北京：北京理工大学出版社，2016.6（2023.2重印）

ISBN 978-7-5682-2043-9

Ⅰ. ①傅… Ⅱ. ①傅… Ⅲ. ①《诗经》—诗歌研究 Ⅳ. ①I207.222

中国版本图书馆CIP数据核字（2016）第054922号

出版发行 / 北京理工大学出版社有限责任公司
社　　址 / 北京市海淀区中关村南大街 5 号
邮　　编 / 100081
电　　话 /（010）68914775（总编室）
（010）82562903（教材售后服务热线）
（010）68948351（其他图书服务热线）
网　　址 / http: //www.bitpress.com.cn
经　　销 / 全国各地新华书店
印　　刷 / 三河市嵩川印刷有限公司
开　　本 / 889 毫米 × 1194 毫米　1/32
印　　张 / 6.75
字　　数 / 130千字
版　　次 / 2016 年 6 月第 1 版　2023 年 2 月第 2 次印刷
定　　价 / 45.00元

责任编辑 / 刘永兵
文案编辑 / 刘永兵
责任校对 / 周瑞红
责任印制 / 边心超

目　录

叙语……………………………………………001

泛论《诗经》学………………………………003

《周颂》………………………………………020

《大雅》………………………………………052

《小雅》………………………………………060

《鲁颂》《商颂》述…………………………067

《国风》………………………………………079

《国风》分叙…………………………………088

《诗》时代……………………………………107

《诗》之影响…………………………………111

论所谓"讽"……………………………………113

《诗三百》之文辞……………………………123

附录　文学革新申义…………………………150

诗部类说……………………………………………………………165

《诗经》中之“性”“命”字………………………………………189

宋朱熹的《诗经集传》和《诗序辨》……………………………199

叙语

下列关涉《诗经》之讲义十二篇，大体写就于民国十七年十二月，其《周颂》一篇，十一月所写，论文辞之一节，次年一月所补也。日中无暇，每晚十一时动笔写之，一日之劳，已感倦怠，日之夕矣，乃须抽思，故文辞不遑修饰，思想偶涉枝节。讲义之用本以代言，事既同于谈话，理无取乎断饰，则文言白话参差不齐之语，疏说校订交错无分之章，聊借此意自解而已。其中颇有新义，深愧语焉不详，此实初稿，将随时删定，一年之后，此时面目最好无一存也。此为论经之上卷，所敷陈诸题多为叙录《诗经》而设，中卷将专论语言文字中事，下卷则谈《诗经》旁涉所及之问题，均非今年所能写就。若所写就者，幸同学匡其失正其误也。

《诗三百》自是一代文辞之盛，抑之者以为不过椎轮，扬之者以为超越李杜，皆非其实。文学无所谓进步，成一种有机体之发展则有之。故一诗之美，可以超脱时间，并非后来居上；而一体之成，由少而壮，既壮则老，文学亦不免此形役也。《诗经》之辞，有可以奕年永世者，《诗经》之体，乃不若五言七言之盛，则亦时代为之耳。欣赏之盛，尽随主观，鸠摩罗什有言，嚼饭与人，乃令呕哕。故讲习《诗经》最宜致力者，为文字语言之事，兹编未之及，留待中卷，以此事繁博非短时整理所能得其条贯。若论文辞一节，应人之请强为主观之事作解说，恐去讲章无几，删之亦可也。

《中国古代文学史讲义》拟目中三节涉及《诗经》者（第二篇四、五、八），即以此卷代之。此卷所论为叙录《诗经》，文学史中所应述说，理非二事，故不别作。

十八年一月二十日写记

泛论《诗经》学

《诗经》是古代传流下来的一个绝好宝贝，它的文学的价值有些顶超越的质素。自晋人以来纯粹欣赏它的文辞的颇多，但由古到今，关于它的议论非常复杂，我们在自己动手研究它以前，且看二千多年中议论它的大体上有多少类，哪些意见可以供我们自己研究时参考。

春秋时人对于诗的观念：《诗三百》中最后的诗所论事有到宋襄公者，在《商颂》；有到陈灵公者，在《陈风》；若“胡为乎株林从夏南”为后人之歌，则这篇诗尤后，几乎过了春秋中期，到后期啦。最早的诗不容易分别出，《周颂》中无韵者大约甚早，但《周颂》断不是全部分早，里边有“自彼成康奄有四方”的话。传说则《时迈》《武》《桓》《赉》诸篇都是武王克商后周文公作（《国语》《左传》），但这样传说，和奚斯作《鲁颂》，正考父作《商颂》，都靠不住；不过《雅》《颂》中总有不少西周的东西，其中也许有几篇很早的罢了。风一种体裁是很难断定时代的，因为民间歌词可以流传很久，经好多变化，才著竹帛。譬如现在人所写下的歌谣，许多是很长久的物事，只是写下的事在后罢了。《豳风·七月》是一篇封建制度下农民的岁歌，这样传来传去的东西都是最难断定它的源流的。《风》中一切情诗，有些或可考时代者，无非在语言和称谓的分别之中，但语言之记录或经后人改写（如“吾车既工”之吾改为我，石鼓文可证，吾我两字大有别）。称谓之差别又没有别的同时书可以参映，而亚当夏娃以来的故事和情感，又不是分什么周汉唐宋的，所以这些东西的时代岂不太难断定吗？不过《国风》中除《豳》《南》以外所举人名都是春秋时人，大约总是春秋时诗最多，若列国之分，乃反用些殷代周初的名称，如邶鄘卫唐等名，则辞虽甚后，而各国风之自为其风必有甚早的历史了。约而言之，《诗三百》之时代一部分在西周之下半，一部分在春秋之初期中期。这话至少目前可以如此假定。那么，如果春秋时遗文尚多可见者，则这些事不难考定，可惜记春秋时书只有《国语》一部宝贝，而这个宝贝不幸又到汉末为人割裂成两部书，添了许多有意作伪的东西，以致我们现在不得随便使用。但我们现在若求知《诗》在春秋时的作用，还不能不靠这部书，只是在用它的材料时要留心罢了。我想，有这样一个标准可以供我们引《左传》《国语》中论《诗》材料之用：凡《左传》

《国语》和毛义相合者，置之，怕的是它们中间有狼狈作用，是西汉末治古文学者所加所改的；凡《左传》《国语》和毛义不合者便是很有价值的材料，因为这显然不是治古文学者所加，而是幸免于被人改削的旧材料。我们读古书之难，难在真假混着：真书中有假材料，例如《史记》；假书中有真材料，例如《周礼》；真书中有假面目，例如《左传》《国语》；假书中有真面目，例如东晋伪《古文尚书》。正若世事之难，难在好人坏人非常难分，"泾以渭浊"，论世读书从此麻烦。言归正传，拿着《左传》《国语》的材料求《诗》在春秋时之用，现在未作此工夫不能预断有几多结果，但凭一时记忆所及，《左传》中引《诗》之用已和《论语》中《诗》之用不两样了。一、《诗》是列国士大夫所习，以成辞令之有文；二、《诗》是所谓"君子"所修养，以为知人论世议政述风之资。

说到《诗》和孔丘的关系，第一便要问"孔丘究竟删诗不"？说删诗最明白者是《史记》："古者诗三千余篇，及至孔子，去其重，取可施于礼义，上采契后稷，中述殷周之盛，至幽厉之缺，始于衽席，三百五篇，孔子皆弦歌之，以求合韶武雅颂之音，礼乐自此可得而述。"这话和《论语》本身显然不合。"诗三百"一词，《论语》中数见，则此词在当时已经是现成名词了。如果删诗三千以为三百是孔子的事，孔子不便把这个名词用得这么现成。且看《论语》所引诗和今所见只有小异。不会当时有三千之多，遑有删诗之说，《论语》《孟》《荀》书中俱不见，若孔子删诗的话，郑卫桑间如何还能在其中？所以太史公此言，当是汉儒造作之论。现在把《论语》中论《诗》引《诗》的话抄在下面。

《学而》

1　子贡曰："贫而无谄，富而无骄，何如？"子曰："可也，未若贫而乐。富而好礼者也。"

子贡曰："《诗》云'如切如磋，如琢如磨'，其斯之谓与？"子曰："赐也始可与言《诗》已矣，告诸往而知来者。"

《为政》

2　子曰："诗三百，一言以蔽之。曰，思无邪。"

3　三家者，以雍彻，子曰："'相维辟公，天子穆穆'，奚取于三家之堂？"

4　子夏问曰："'巧笑倩兮，美目盼兮，素以为绚兮'何谓也？"子曰："绘事后素。"

曰："礼后乎？"子曰："起予者商也，始可与言《诗》已矣。"

5　子曰："《关雎》乐而不淫，哀而不伤。"

6　子谓《韶》尽美矣，又尽善也；谓《武》尽美矣，未尽善也。

《泰伯》

7　曾子有疾，召门弟子曰："启予足，启予手。《诗》云'战战兢兢，如临深渊，如履薄冰'。而今而后，吾知免夫，小子！"

8　子曰："兴于诗，立于礼，成于乐。"

9　子曰："师挚之始，《关雎》之乱，洋洋乎盈耳哉！"

《子罕》

10　子曰："吾自卫反鲁，然后乐正，雅、颂各得其所。"

11　"唐棣之华，偏其反而。岂不尔思？室是远而！"子曰："未之思也，夫何远之有？"

《先进》

12　南客三复白圭，孔子以其兄之子妻之。

《子路》

13　子曰："诵'诗三百'。授之以政，不达；使于四方，不能专对：虽多，亦奚以为！"

《卫灵公》

14　颜渊问为邦。子曰："行夏之时，乘殷之辂，服周之冕，乐则韶舞。放郑声，远佞人；郑声淫，佞人殆。”

《季氏》

15　齐景公有马千驷，死之日民无德而称焉。伯夷叔齐饿于首阳之下，民到于今称之。“诚不以富，亦祇以异”，其斯之谓与？（此处朱注所校定之错简）

16　陈亢问于伯鱼曰：“子亦有异闻乎？”对曰：“未也，尝独立，鲤趋而过庭，曰：‘学《诗》乎？’对曰：‘未也。’‘不学《诗》无以言！’鲤退而学《诗》。他日，又独立，鲤趋而过庭，曰：‘学《礼》乎？’对曰：‘未也。’‘不学《礼》无以立！’鲤退而学《礼》。闻斯二者。”

《阳货》

17　子曰：“小子何莫学夫《诗》？《诗》可以兴，可以观，可以群，可以怨。迩之事父，远之事君。多识于鸟兽草木之名。”

18　子谓伯鱼曰：“女为《周南》《召南》矣乎？人而不为《周南》《召南》，其犹正墙面而立也与？”

19　子曰：“恶紫之夺朱也，恶郑声之乱雅乐也，恶利口之覆邦家者！”

20　子所雅言，《诗》《书》执礼，皆雅言也。

从此文我们可以归纳出下列几层意思：

第一，以《诗》学为修养之用；

第二，以《诗》学为言辞之用；

第三，以《诗》学为从政之用，以《诗》学为识人论世之印证；

第四，由诗引兴，别成会悟；

第五，对诗有道德化的要求，故既曰“思无邪”，又曰“放郑声”；

第六，孔子于乐颇有相当的制作，于诗虽曰放郑声，郑声却在“三百篇”中。

以《诗三百》为修养，为辞令，是孔子对于诗的观念。大约孔子前若干年，《诗三百》已经从各方集合在一起，成当时一般的教育。孔子曾编过里面的《雅》《颂》（不知专指乐或并指文，亦不知今见《雅》《颂》之次序有无孔子动手处），却不曾达到《诗三百》中放郑声的要求。

西汉《诗》学

从孟子起，《诗经》超过了孔子的“小学教育”而入儒家的政治哲学。孟子说：“王者之迹熄而《诗》亡，《诗》亡然后《春秋》作。”这简直是汉初年儒者的话了。孟子论《诗》甚泰甚侈，全不是学《诗》以为言，以为兴，又比附上些历史事件，并不合实在，如“戎狄是膺，荆舒是惩”附合到周公身上。这种风气战国、汉初人极多，三百篇诗作者找出了好多人来，如周公、奚斯、正考父等，今可于《吕览》《礼记》《汉经说遗》文中求之。于是一部绝美的文学书成了一部庞大的伦理学。汉初《诗》分三家，《鲁诗》自鲁申公，《齐诗》自齐辕固生，《韩诗》自燕太傅韩婴，而《鲁诗》《齐诗》尤为显学。《鲁诗》要义有所谓四始者，太史公曰：“《关雎》之乱以为《风》始，《鹿鸣》为《小雅》始，《文王》为《大雅》始，《清庙》为《颂》始。”又以《关雎》《鹿鸣》都为刺诗，太史公曰：“周道缺，诗人本之衽席，《关雎》作；仁义凌迟，《鹿鸣》刺焉。”其后竟以“三百篇”当谏书。这虽于解诗上甚荒谬，然可使《诗经》因此不佚。《齐诗》《韩诗》在释经上恐没有大异于《鲁诗》处，三家之异当在引经文以释政治伦理。齐学宗旨本异鲁学，甚杂五行，故《齐诗》有五际之论。《韩诗》大约去泰去甚，而于经文颇有确见，如《殷武》之指宋襄公，即宋代人依《史记》从《韩诗》，以恢复之者。今以近人所辑齐鲁韩各家说看去，大约齐多侈言，韩能收敛，鲁介二者之间，然皆是与伏生书、《公羊春秋》相印证，以造成汉博士之政治哲学者。

《毛诗》

《毛诗》起于西汉晚年，通达于王莽，盛行于东汉，成就于郑笺，从此三家衰微，毛遂为《诗》学之专宗。毛之所以战胜三家者，原因甚多，不尽由于宫廷之偏好和政治之力量去培植他。第一，申公、辕固生虽行品为开代宗师，然总是政治的哲学太重，解《诗》义未必尽惬人心，而三家博士随时抑扬，一切非常异义可怪之论必甚多，虽可动听一时，久远未免为人所厌。而《齐诗》杂五行，作侈论，恐怕有识解者更不信它。则汉末出了一个比较上算是去泰去甚的《诗》学，解《诗》义多，作空谈少，也许是一个“应运而生”者。第二，一套古文经出来，《周礼》《左传》动荡一时，造来和它们互相发明的《毛诗》，更可借古文学一般的势力去伸张。凡为《左传》文辞所动、《周官》系统所吸者，不由不在《诗》学上信毛舍三家。第三，东汉大儒舍家学而就通学，三家之孤陋寡闻，更诚然敌不过刘子骏天才的制作、王莽百多个博士的搜罗；于是三家之分三家，不能归一处，便给东京通学一个爱好《毛诗》的机会。郑康成礼学压倒一时，于《诗》取毛，以他的礼学润色之，《毛诗》便借了郑氏之系统经学而造成根据，经魏晋六朝直到唐代，成了惟一的《诗》学了。

《毛诗》起源很不明显，子夏、荀卿之传授，全是假话。大约是武帝后一个治三家《诗》而未能显达者造作的，想闹着立学官（分家立博士，大开利禄之源，引起这些造作不少，尤其在《书》学中多）。其初没有人睬它，刘子骏以多闻多见、多才多艺，想推翻十四博士的经学，遂把它拿来利用了。加上些和从《国语》中搜出来造作成的《左传》相印证的话，加上些和《诗》本文意思相近的话，以折三家，才成动人听闻的一家之学。试看《毛传》《毛序》里边有些极不通极陋的话，如“不显显也”“不时时也”之类，同时又有些甚清楚甚能见闻杂博的话，其非出于同在一等的人才之手可知。现在三家遗说不能存千百于十一，我们没法比较《毛诗》对于三家总改革了多少，然就所得见的传说论，《毛诗》有些地方去三家之泰甚，又有些地方颇能就《诗》的本文作义，不若三家全凭臆造。所以《毛诗》在历史的意义上是作伪，在《诗》学的意义上是进步；《毛诗》虽出身不高、来路不明，然颇有点自奋出来的东西。

宋代《诗》学

经学到了六朝人的义疏、唐人的正义，实在比八股时代的高头讲章差不多了，实在不比明人大全之学高明了。自古学在北宋复兴后，人们很能放胆想去，一切传说中的不通，每不能逃过宋人的眼。欧阳永叔实是一个大发难端的人，他在史学、文学和经学上一面发达些很旧的观点，一面引进了很多新观点，摇动后人（别详）。他开始不信《诗序》。北宋末几朝已经很多人在那里论《诗序》的价值和诗义的折中了。但迂儒如程子反把《毛诗序》抬得更高，而王荆公谓诗人自己作序。直到郑夹漈所叙之论得一圆满的否定，颠覆了自郑玄以来的传统。朱紫阳作了一部《诗集传》，更能发挥这个新义，拿着《诗经》的本文去解释新义，于是一切不通之美刺说扫地以尽，而《国风》之为风，因以大明。紫阳书实是一部集成书，韵取吴才老叶韵之说，叶韵自陈顾以来的眼光看去，实在是可笑了，但在古韵观念未出之前，这正是古韵观念一个胎形。训诂多采毛、郑兼及三家遗文，而又通于礼学（看王伯厚论他的话）。其以赋比兴三体散入虽系创见，却实不外《毛诗》独标兴体之义。紫阳被人骂最大者是由于这一部书，理学、汉学一齐攻之，然这部书却是文公在经学上最大一个贡献，拿着本文解《诗》义，一些陋说不能附会，而文学的作用赤裸裸地重露出来。只可惜文公仍是道学，看出这些诗的作用来，却把这些情诗呼作淫奔，又只敢这样子对付所谓变风，不敢这样子对付大、小《雅》，《周南》，《召南》，《豳风》。走得最是的路，偏又不敢尽量地走去，这也是时代为之，不足大怪。现在我们就朱彝尊的《经义考》看去，已经可以觉得宋朝人经学思想之解放，眼光之明锐，自然一切妄论谬说层出不穷，然跳梁狐鸣，其中也有可以创业重统者（文公对于文学的观念每每非常透彻，如他论《楚辞》，陶诗，李、杜诗常有很精辟的话，不仅说三百篇有创见）。

又宋代人因不安于《毛诗》学，博学者遂搜罗三家遗说。例如罗泌不是一个能考六艺的人，然他发挥《商颂》为《宋颂》，《殷武》为宋襄公，本之《韩诗》（《韩诗》最后佚），而能得确证。宋末有一伟大的学者王伯厚，开近代三百年朴学之源，现在试把《玉海》附刻各经及《困学纪闻》等一看，已经全是顾亭林、阎百诗以来所作的题目。他在《诗经》学上有《诗考》《考四家诗》，有《诗地理考》，已不凭借郑谱。虽然搜罗不多，但创始的困难每每这样子的。这实在都是《诗》学上最大的题目，比起清儒拘《郑笺》、拘《毛传》者，他真能见其大处。

明季以来的《诗》学

明季以来《诗》学最大的贡献是古韵和训诂两事，这都是语言学上的事，若在《诗》之作用上反而泥古，不及宋人。陈季立（第）、顾宁人（炎武）始为系统的古韵学，以后各家继起，自成一统系者十人以上，而江、戴、孔、段、王发明独多。训诂方面，专治《诗》训诂者如陈奂、马瑞辰、胡承珙诸家，在训诂学第二流人物中，其疏通诸经以成训诂公谊者，如惠、戴、段、二王、郝、俞、章等，不以《诗》学专门，而在诸经学之贡献独大。但谈古音的人每不能审音，又少充分地认识方言之差别，聚周代汉初之韵以为一事，其结果分类之外，不能指实；而训诂学亦以受音韵学发达之限制，未能建立出一个有本有源的系统来。这是待从今以后的人，用新材料、借新观点去制造的。话虽这样，清代人对于《诗经》中训诂的贡献是极大的，至于名物礼制，既有的材料太紊乱，新得的材料又不多，所以聚讼去、聚讼来，总不得结论。

从孔巽轩、庄存与诸君发挥公羊学后，今文经学一时震荡全国，今文经学家之治《诗》者，不幸不是那位学博识锐的刘申受，而是那位志大才疏的魏默深。魏氏根本是个文士，好谈功名，考证之学不合他的性质。他作《诗古微》，只是要发挥他所见的齐、鲁、韩《诗》论而已，这去客观《诗》学远着多呢！陈恭甫（寿祺）、朴园（乔枞）父子收集了极多好材料，但尚未整理出头绪来，这些材料都是供我们用的。

我们怎样研究《诗经》

我们去研究《诗经》应当有三个态度，一、欣赏它的文辞；二、拿它当一堆极有价值的历史材料去整理；三、拿它当一部极有价值的古代言语学材料书。但欣赏文辞之先，总要先去搜寻它究竟是怎样一部书，所以言语学、考证学的功夫乃是基本功夫。我们承受近代大师给我们训诂学上的解决，充分地用朱文公等就本文以求本义之态度，于《毛序》《毛传》《郑笺》中寻求今本《诗经》之原始，于三家

《诗》之遗说、遗文中得知早年《诗经》学之面目，探出些有价值的早年传说来，而一切以文本为断，只拿它当作古代留遗的文辞，既不涉伦理，也不谈政治，这样才可以济事。约之为纲如下：

（一）先在诗本文中求诗义。

（二）一切传说自《左传》《论语》起，不管三家《毛诗》，或宋儒近儒说，均须以本文折之。其与本文合者，从之；不合者，舍之；暂若不相干者，存之。

（三）声音、训诂、语词、名物之学，继近儒之工作而努力，以求奠《诗经》学之真根基。

（四）礼乐制度，因《仪礼》《礼记》《周礼》等书，现在全未以科学方法整理过，诸子传说，亦未分析清楚，此等题目目下少谈为妙，留待后来。

匆匆拟《诗经》研究题目十事，备诸君有意做此工作者留意。

一、古代《诗》异文辑

宋刻本异文，诸家校勘记已详；石经异文，亦若考尽；四家异文，陈氏父子所辑略尽；然经传引《诗经》处，参差最多，此乃最有价值之参差，但目下尚无辑之者。又汉儒写经，多以当时书改之，而古文学又属“向壁虚造”，若能据金石刻文校出若干原字，乃一最佳之工作。例如今本《小雅》中“我车既攻”，石鼓文作“吾车既工”，吾、我两字作用全不同，胡珂各有考证。而工字加了偏旁。汉儒加偏旁以分字，所分未必是，故依之每致误会。

二、三家《诗》通谊说

三家《诗》正如《公羊春秋》，乃系统的政治伦理学，如不寻其通谊，如孔庄诸君出于公羊学，便不得知三家《诗》在汉世之作用。陈恭甫父子所辑材料，既可备用，参以汉时政刑礼乐之论，容可得其一二纲领，这是经学史上一大题目。魏默深在此题中之工作，粗疏主观，多不足据。

三、《毛诗》说旁证

依《毛诗》为注者，多为《毛序》《毛传》《郑笺》考信，此是家法之陋，非我等今日客观以治历史语言材料之术。毛氏说如何与古文经若《左传》《周礼》《尔雅》等印证，寻其端绪之后，或可定《毛诗》如何成立，古文学在汉末新朝如何演成。我等今日岂可再为“毛、郑功臣”？然后代经学史之大题，颇可为研究之科目。

四、宋代论《诗》新说述类

宋代新《诗》说有极精辟者，清儒不逮，删《序》诸说，风义刺义诸论，能见其大。若将自欧阳永叔以来之说辑之，必更有胜义，可以拾检，而宋人思想亦可暂得其一部。

五、毛公独标兴体说

六诗之说，纯是《周官》作祟，举不相涉之六事，合成之以成秦汉之神圣数（始皇始改数用六）。赋当即屈、宋、荀、陆之赋，比当即辩（章太炎君说），若兴乃所谓起兴，以原调中现成的开头一两句为起兴，其下乃是新辞，汉乐府至现代歌谣均仍存此体，顾颉刚先生曾为一论甚精。今可取《毛传》所标兴体与后代文辞校之，当得见此体之作用。

六、证《诗三百》篇中有无方言的差别？如有之，其差别若何？

历来论古昔者，不以方音为观点之一，故每混乱。我们现在有珂罗倔伦君整理出来的一部《广韵》，有若干名家整理的《诗经》韵，两个中间差一千年；若就扬子云《方言》为其中间之阶，看《诗经》用韵有循列国方言为变化者否？此功若成，所得必大。

七、《诗》地理考证补

王伯厚考《诗》地理，所据不丰；然我等今日工作，所据材料较前多矣，必有增于前人之功者。《诗》学最大题目为地理与时代，康成见及此，故作《诗谱》，其叙云："欲知源流清浊之所处，则其上下而有之（此以国别）；欲知风化芳臭气泽之所及，则旁行而观之（此以时分）：此《诗》之大纲也。举一纲而万目张，解一卷而众篇明。"先生之志则大矣，先生之结果则不可。康成实不知地理，不能考时代，此乃我等今日之工作耳。从《水经注》入手，当是善法，丁山先生云。

八、《诗经》中语词研究

《诗经》中语词最有研究之价值，然王氏父子但知其合，不求其分。如语词之“言”，有在动词上者，有在动词下者，有与其他语词合者。如证其如何分，乃知其如何用。

九、《诗》中成语研究

即海宁王静安氏所举之题。《诗》中成语多，如“亦孔之”“不显”（即丕显）等。但就单词释诂训者，所失多矣。

《诗》中晦语研究

《诗》中有若干字至今尚全未得其着落者，如时字之在“时夏”“时周”“不时”，及《论语》之“时哉时哉”，此与时常训全不相干，当含美善之义，而不得其确切。读《诗》时宜随时记下，以备考核。

十、抄出《诗》三百五篇中史料

《书经》是史而多诬，《诗经》非史而包含史之真材料，如尽抄出之，必可资考定。

《周颂》

《周颂》大别分两类：一、无韵的，二、有韵的。无韵的如《清庙》、《维天之命》、《维清》（此篇之祯字本祺字，故亦非韵）、《昊天有成命》、《时迈》、《武》、《赉》、《般》皆是，半无韵的如《我将》《桓》是，此外都是有韵的。这些无韵半无韵的，文辞体裁和有韵的绝然不同，有韵的中间很多近于《大雅》《小雅》的，若这些无韵的乃是《诗三百》中孤伶仃的一类。大约这是《诗经》中最早的成分了。《国语》以其中之《时迈》为周文公作，大约不对；《昊天有成命》一篇已出来了成王。但这些和那些有韵的《周颂》及《大雅》总要差着些时期。近写《周颂说》一篇，即取以代讲义。

《周颂说》（附论鲁南两地与《诗》《书》之来源）

凡是一种可以流行在民间的文学，每每可以保存长久，因为若果一处丧失了，别处还可保存；写下的尽丧失了，口中还可保存。所以有些并没有文字的民族，它的文学每每流传好几百年下去，再书写下来，其间并不至于遗失。至于那些不能在民间流行的文字，例如藏在政府的，仅仅行于一个阶级中的，一经政治的剧烈变化，每每丧失得剩不下什么。这层事实很明显，不用举例。照这层意思看《诗》《书》，《诗》应比《书》的保存可能性大。若专就《诗》论，我们也当觉得最不容易受政治大变动而消失或散乱者，是《国风》；最容易受政治大变动而消失或散乱者，是《颂》。诚然不错，在口中流传并不著于竹帛之文辞，容易改变，但难得因一个政治大变化丧失得干净；若保存在官府的事物，流动改变固难，一下子掉了却很容易。《周书》《周诗》现在的样子好不奇怪！《周书》出于伏生者，只有号为武王伐纣的两篇，即《牧誓》《洪范》；和关于周公的十多篇，从《金縢》到《立政》；成王终康王即位的二篇；以下还只有涉及甫侯的一篇是西周，此外皆东周了。何以周公的分量占这么大？宗周百年中《书》的分配这么不平均？再看《周诗》，《大雅》《小雅》颂中两个大题目是颂美文武，称道南国，二《南》更不必说。何以南国的分量占这么多？宗周百年中《诗》的分配这么不平均？这都不能没有缘故吧？或者宗周的《诗》《书》经政治的大变动而大亡佚，在南、鲁两处，文之守献之存独多些，故现在我们看见《诗》《书》显出这个面目来？

现在且就《周颂》说。《周颂》有两件在《诗经》各篇中较不同的事：一、不尽用韵，二、不分章。王静安君以此两事为颂声之缓，皆揣想之词，无证据可言。且《鲁颂》有摹《周颂》处，《商颂》（实《宋颂》）更有摹《鲁颂》《周颂》处。《鲁颂》《商颂》皆用韵，是“颂”之一体可韵可不韵。大约韵之在《诗》中发达，由少到多。《周颂》最先，故少韵；《鲁颂》《商颂》甚后，用韵一事乃普遍，便和“风”“雅”没有分别了。又《鲁颂》《商颂》皆分章，且甚整齐，如《大雅》《小雅》；是《周颂》之不分章，恐另有一番缘故。若如王君声缓之说，《鲁颂》《商颂》之长又要怎么办？王君意在驳仪征阮君之释颂义，所以把这两事这样解了，其实阮君释颂不特“本义至确”（王君语），即他谓三颂各章皆是舞容，亦甚是。王君之四证中，三证皆悬想，无事实；一证引《燕礼·记》《大射仪》，也不是证据，只是凭着推论去，拿他所谓礼文之繁证其声缓。《仪礼》各仪因说得每每最繁，不止于这一事，且由礼繁亦不能断其声缓，盖《时迈》一章奏时无论如何缓，难得延长三十四节，若必有这么一回事，必是夹在中间，或首末奏之。又由声缓亦不能断定它不属于舞诗。阮君把颂皆看作舞诗，我们现在虽不能篇篇找到它是舞诗之证据，但以阮君解释之透彻，在我们得不到相反的证据时，我们不便不从他。因为颂字即是容字，舞乃有容，乐并无容，何缘最早之颂即出于本义之外？所以若从阮君释颂之义，便应从阮君释颂之用，两件事本是一件事，至少在《周颂》中，即颂体之开始中，不应有“觚不觚”之感。现在细看《周颂》，实和《大雅》不同，《大雅》多叙述，《周颂》只是些发扬蹈厉之言，只到《鲁颂》《商颂》才有像《大雅》的。金奏可以叙述，舞容必取蹈厉。若是《周颂》和《大雅》在用处上没有一个根本的分别，断乎不会有这现象的。

《周颂》在用韵上和鲁、商两颂的分别应该由于先后的不同，《周颂》在词语上和《大雅》的分别应该由于用处的不同，若《周颂》的不分章又该是由于什么缘故呢？我想《周颂》并非不分章。自汉以来所见其所以不分章者，乃是旧章乱了，传经者整齐不来，所以才有现在这一面目。有三证：《左传》宣十二年：“楚子曰武王克商，作《颂》曰：‘载戢干戈，载櫜弓矢，我求懿德，肆于时夏，允王保之。’又作《武》，其卒章曰：‘耆定尔功。’其三曰：‘敷时绎思，我徂维求定。’其六曰：‘绥万邦，屡丰年。’”我们用《左传》证《诗》有个大危险，即《左传》之由《国语》出来本是西汉晚年的事，做这一番工作者，即是作古《礼》、古文《尚书》、《毛诗》、《周官》之说者，其有意把它们互相沟通，自是当然。但《国语》原书中当然有些论《诗》《书》的，未必于一成《左传》之后，一律改完，所以凡《左传》和《毛诗》《周官》等相发明者，应该不取，因为这许是后来有意造作加入的材料；凡《左传》和《毛诗》《周官》等相异或竟相反者，应该必取，因为这当是原有的成分，经改乱而未失落的。宣十二年这一段话和毛义不同，这当然不是后来造作以散入者。这一段指明《武》之卒章、三章、六章，此是一证。现在看《周颂》各篇文义，都像不完全的，《闵予小子》《访落》《敬之》《小毖》或及《烈文》合起来像一事，合起来才和《顾命》所说的情节相合，此种嗣王践祚之仪，不应零碎如现在所见《周颂》本各章独立的样子。又《载芟》《良耜》《丝衣》三篇也像一事，《载芟》是耕耘，《良耜》乃收获，《丝衣》则收获后燕享。三篇合起有如《七月》，《丝衣》一章恰像《七月》之乱，不过《七月》是民歌，此应是稷田之舞。又《清庙》以下数章，尤其现出不完全的样子，只是它们应该如何凑起来，颇不易寻到端绪。此是二证。《鲁颂》《商颂》虽然有演变，然究竟应该是继续《周颂》者，果然《鲁颂》《商颂》无不是长篇者，若把它们也弄得散乱了，便恰是现在所见《周颂》的面目。此是三证。外证有《左传》宣十二年所记，内证有文义上之当然，旁证有《鲁颂》之体裁，则《周颂》之本来分章，当无疑问。舞为事节最繁者，节多则章亦应多，乃反比金奏为短，不分章节，似乎没有这个道理。至于在《诗三百》中《周颂》何以独零乱得失了节章，当因颂只是保存于朝廷的，不是能“下于大夫”

的，一朝国家亡乱，或政治衰败，都可散失的。《国风》固全和这事相反，即《大雅》《小雅》也不像这样专靠朝廷保存它的面目的。

如上所说，《周颂》不分章由于旧章已乱，传它的人没法再分出来，然则我们现在在《周颂》中可能找出几件东西的头绪来？可能知道现在三十一章原来是些什么东西零乱成的？答曰：《周颂》零乱了，可以有三件事发生：一、错乱，即句中之错乱，及不同在一章之句之错乱；二、次序之颠倒；三、章节之亡失。孟子引《诗》“立我烝民，莫匪尔极”之下，尚有“不识不知，顺帝之则”，今此语见《大雅·思文》篇中，“莫匪尔极”下乃“贻我来牟，帝命率育”两句，不知谁是错乱者，或俱是经过错乱的。宣十二年传，《武》之三章有“敷时绎思，我徂维求定”，《武》之六章有“绥万邦，屡丰年”，今《桓》在《赉》之前。至于各章不尽在三十一章别有遗失，恐怕更不能免的了。所以若求在这三十一章中寻出几个整篇来，是做不到的。但究竟是哪些篇杂错在这三十一章中，还有几个端绪可寻。

其一曰《肆夏》。《左传》宣十二年：“武王克商，作《颂》曰：‘载戢干戈，载櫜弓矢，我求懿德，肆于时夏，允王保之。’”今在《时迈》，他章无可考。后来乐名夏或大夏者，恐是由此名流演。

其二曰《武》，或曰《大武》。《左传》宣十二年记其卒章、三章、六章中语，今在《武》《赉》《桓》三章中，他章无可考。据《左传》宣十二年语，《武》乃克殷后作，所纪念者为武成之义，故庄王于此推论出武之七德来：禁暴、戢兵、保大、定功、安民、和众、丰财。《武》为儒者所称道，在儒家的礼乐及政治的理论中据甚高的地位。王静安君据《乐记》所记之舞容，从《毛诗》之次序，把《大武》六章作成一表，其说实无证据，现在先录其表如下：

	一成	再成	三成	四成	五成	六成
所象之事	北出	灭商		南国是疆	分周公左召公右	复缀以崇
舞容	总干山立	发扬蹈厉			分夹而进	武乱皆坐
舞诗篇名	《武宿夜》	《武》	《酌》	《桓》	《赉》	《般》
舞诗	昊天有成命，二后受之。成王不敢康，夙夜基命宥密。於缉熙，单厥心，肆其靖之。	於皇武王，无竞维烈。允文文王，克开厥后。嗣武受之，胜殷遏刘，耆定尔功。	於铄王师，遵养时晦。时纯熙矣，是用大介。我龙受之，蹻蹻王之造。载用有嗣，实维尔公允师。	绥万邦，娄丰年，天命匪解。桓桓武王，保有厥士，于以四方，克定厥家。於昭于天，皇以间之。	文王既勤止，我应受之。敷时绎思，我徂维求定。时周之命，於绎思！	於皇时周，陟其高山，嶞山乔岳，允犹翕河。敷天之下，裒时之对，时周之命。

他事不必论，即就舞容与舞诗比较一看，无一成合者，王君于六成之数每成之容，是从《乐记》的，于次序是后《毛诗》的，但《毛诗·周颂》之次序如可从，何以王君明指之六篇别在三处，相隔极远？故《毛诗》次序如可从，王

说即不成立，《乐记》的话如可据，则《武》之原样作《乐记》者已不可闻，他明明白白说："有司失其传。"现在抄下《乐记》此一节语，一览即知其不可据。

> 宾牟贾侍坐于孔子，孔子与之言及乐，曰："夫《武》之备戒之已久，何也？"对曰："病不得其众也。"（《武》谓周舞也，备戒击鼓警众，病犹忧也，以不得众心为忧，忧其难也。）"咏叹之，淫液之，何也？"对曰："恐不逮事也。"（咏叹淫液，歌迟之也。逮，及也。事，戎事也。）"发扬蹈厉之已蚤，何也？"对曰："及时事也。"（时至《武》事当施也。）"《武》坐致右，宪左，何也？"对曰："非《武》坐也。"（言《武》之事无坐也。致，谓膝至地也。宪，读为轩，声之误。）"声淫及商，何也？"对曰："非《武》音也。"（言《武》歌在正其军，不贪商也。时人或说其义为贪商也。）子曰："若非《武》音，则何音也？"对曰："有司失其传也，若非有司失其传，则武王之志荒矣。"（有司，典乐者也。传，犹说也。荒，老耄也。言典乐者失其说也，而时人妄说也。《书》曰，王耄荒。）子曰："唯。丘之闻诸苌弘，亦若吾子之言也。"（苌弘，周大夫。）宾牟贾起，免席而请曰："夫

《武》之备戒之已久，则既闻命矣，敢问迟之迟而又久，何也？”（迟之迟，谓久立于缀。）子曰：“居，吾语女。夫乐者，象成者也；总干而山立，武王之事也；发扬蹈厉，太公之志也；《武》乱皆坐，周召之治也。（居，犹安坐也。成，谓已成之事也。总干，持盾也。山立，犹正立也。像武王持盾正立待诸侯也。发扬蹈厉，所以像武时也。武舞，像战斗也。乱，谓失行列也。失行列则皆坐，像周公、召公以文止武也。）且夫《武》，始而北出，再成而灭商，三成而南，四成而南国是疆，五成而分，周公左，召公右，六成复缀以崇（成，犹奏也，每奏武曲一终为一成。始奏像观兵盟津时也，再奏像克殷时也，三奏像克殷有余力而反也，四奏像南方荆蛮之国复畔者服也，五奏像周公、召公分职而治也，六奏像兵还振旅也。复缀，反位止也。崇，充也。凡六奏以充武乐也。）天子。夹振之而驷伐，盛威于中国也。（夹振之者，王与大将夹舞者振铎以为节也。驷当为四，声之误也。武舞，战象也。每奏四伐，一击一刺为一伐。《牧誓》曰：“今日之事，不过四伐五伐。”）分夹而进，事蚤济也；（分，犹部曲也。事，犹为也。济，成也。舞者各有部曲之列，像用兵务于早成也。）久立于缀，以待诸侯之至也。（像武王伐纣，待诸侯也。）且女独未闻牧野之语乎？（欲语以作武乐之意。）武王克殷反商，未及下车，而封黄帝之后于蓟，封帝尧之后于祝，封帝舜之后于陈；下车，而封夏后氏之后于杞，投殷之后于宋，封王子比干之墓，释箕子之囚，使之行商容而复其位。庶民弛政，庶士倍禄。济河而西，马散之华山之阳，而弗复乘；牛散之桃林之野，而弗复服；车甲衅而藏之府库，而弗复用；倒载干戈，包之以虎皮；将帅之士，使为诸侯，名之曰‘建櫜’。然后天下知武王之不复用兵也。（反商，当为及，字之误也。及商，谓至纣都也。《牧誓》曰：“至于商郊，牧野。”封，谓故无土地者也。投，举徙之辞也。时武王封纣子武庚于殷虚，所徙者，微子也。后周公更封而大之。积土为封，封比干墓，崇贤也。行，犹视也；使箕子视商礼乐之官贤者所处，皆令反其居也。弛政，去其纣时苛政也。倍禄，复其纣时薄者也。散，犹放也。桃林，在华山傍。甲，铠也。衅，衅字也。兵甲之衣曰櫜，建櫜，言闭藏兵甲也。《诗》曰：“载櫜弓矢。”《春秋》传曰：“垂櫜而入。”《周礼》曰：“櫜之欲其约也。”蓟或为续，祝或为铸。）散军而郊射，左射《狸首》，右射《驺虞》，而贯革之射息也；裨冕，搢笏，而虎贲之士说剑也；祀乎明堂，而民知孝；朝觐，然后诸侯知所以臣；耕藉，然后诸侯知所以敬：五者天下之大教也。（郊射，为射宫于郊也。左，东学也，右，西学也。《狸首》《驺虞》所以歌为节也。贯革，射穿甲革也。裨冕，衣裨衣而冠冕也。裨衣，衮之属也。搢，犹插也。贲，愤怒也。文王之庙为明堂制。耕藉，藉田也。）食三老五更于大学，天子袒而割牲，执酱而馈，执爵而酳，冕而总干，所以教诸侯之弟也。（三老五更，互言之耳，皆老人更知三德五事者也。冕而总干，亲在舞位也。周名大学曰东胶。）若此，则周道四达，礼乐交道，则夫《武》之迟久，不亦宜乎？”

此节明明是汉初儒者自己演习武舞之评语。《牧誓》虽比《周诰》像晚出，却还没有这一套战国晚年的话，后来竟说到“食三老五更于大学”，秦爵三老五更都出来了，则这一篇所述武容之叙，即使不全是空话，至少亦不过汉初年儒者之武。且里边所举各事，如“声淫及商”，可于《大雅》之《大明》《荡》中求之；“发扬蹈厉，太公之志也”，在《大明》里；“北出”在《笃公刘》《文王有声》里；“南国是武”在《崧高》里；其余词皆抽象，不难在《大雅》中寻其类似。这样的一篇《大武》，竟像一部《大雅》的集合，全不合《周颂》的文辞了。大约汉初儒者作他的理想的《大武》，把《大雅》的意思或及文辞拿进去，《乐记》所论就是这。不然，《武》为克殷之容，而“南国是式”，远在成康以后，何以也搬进去呢？

其三曰《勺》。现在《毛诗》里还有《酌》一篇。酌本即勺字之后文，犹裸之本作果，醴之本作豊，汉儒好加偏旁，义解反乱。《酌》篇即《勺》，历来法家用之，勺字见《仪礼·燕礼》“若舞则勺”，《礼记·内则》有“十三年学诵《诗》舞勺，成童舞象，学则御”，熊安生谓即《勺》篇。勺、韶两字在声音上古可通。勺与今在平声之韶同纽，与在去声之召小差，而此差只是由 ʑ 到 ȡ，珂罗倔伦君证此差通例在古代无有。勺以k收声，韶以u，汉语及西洋语为例不少，珂罗倔伦君亦曾证宵药等部乃去入之对转（见他所著《汉语分析字典序》），我们试看以勺为形声之字，多数在入，而约钓炝诸字在去声，约且在《广韵》与召同部。召与勺在声音上既可同源，我们现在可假设召、勺之分由方言出，因韶之错乱，而勺韶在后来遂为实有小异之名，盖同源异流，因流而变，而儒者不之知也。今先看古书中韶、勺相连处，《荀子·乐论》：“舞韶歌舞。”孔子时尚未以歌舞为《武》《韶》之对待。（乐则《韶舞》四句，乃后人三代损益之说，决非《论语》旧文，别处详论之。）而后人谓勺乃但云舞，是舞韶者舞勺也。又《春秋繁露·质文》篇，以《勺》为周文公颂克殷之事，显见《勺》与《武》关系之密切，惟《韶》可如此来源。与《武》为比，若果如《内则》所记为小舞，则不当尸此大用。又《汉书·董仲舒传》引武帝诏，以为在虞莫盛于《韶》，在周莫盛于《勺》，此虽言其异，实是言其同类。大约召乐在鲁地者，失而为不完之《勺》，遂有小实，然仍不忘其为周物，其流行故虞地者，仍用“召”名，遂与虞舜之传说牵连，然仍可见其与《勺》同类，此例实证其通也。再看其相异：《周礼》韶、勺并举，然《周礼》举事物尽是把些不同类且相出入的事凑成者，如六书六诗，原是不别择的大综合，则一物在后来以方言而有二名，二名亦因殊方不尽同实者，被它当作两事，初不奇怪。《荀子·礼论》亦杂举韶、武、勺、濩、象、箭及八种乐器，然《荀子·礼论》类汉儒敷论，故多举名物，不若《乐论》纯是攻墨者之言，较为近古。《吕氏春秋·古乐》《音始》两篇举乐舞之名繁多，独不及《勺》，而举九招之名。如此看去，由召流为勺看，在鲁失其用而有大号，由召流入虞者，仍用韶名，乐舞唐大，而被远称。这个设定似乎可以成立。加偏旁既多是汉儒事，则韶之原字必为召，招更是后起之假借字了。此说如实，则今《诗》中至少尚有《韶》之一章。召字为乐之称，准以夏颂文王，武颂武王，舞名皆是专名之例，得名当和召公为一事。孔子对于《韶》《武》觉得《韶》能尽美尽善，《武》却只能尽美，未能尽善，当是由于《韶》之作在《武》后，青出于蓝而胜于蓝。且《武》记灭商，陈义总多是些征伐四国、戎商必克的话，《韶》之作乃在周室最盛的时候，当是较和平的舞乐，用不着甚多的干戈戚斧。《内则》郑注：“先学勺，后学象，文武之次也。”孔疏：“舞勺者，熊氏云，言十三之时，学此舞勺之文舞也。成童舞象者，成童谓十五以上，舞象谓舞武也。熊氏云，谓用干戈之小舞也，以其年尚幼，故用文武之小舞也。”孔子对此文舞遂称曰尽善，对彼武舞还以为不能尽善。《雅》《颂》在孔子时之鲁国本已乱了，大约由于丧失、改作及借用。《论语》：“子曰，吾自卫及鲁，然后乐正，《雅》《颂》各得其所。”则必以先已经不得其所。又，三家者以雍彻，子曰：“相维辟公，天子穆穆，奚取于三家之堂！”则已把《周颂》借用到他事。《韶》并已亡于鲁，《论语》：“子在齐闻《韶》，三月不知肉味，曰：‘不图为乐之至于斯也。’”孔子适齐在年三十五以后，见《孔子世家》，若《韶》还存在鲁国，孔子不会到了齐始闻到，乐得那样。《韶》之大体及本体虽早亡，但从这一个名字流行下来的却不少。在鲁儒家有勺舞，在齐有《徵招》《角招》之乐，《孟子·梁惠王下》：“景公说，大戒于国，出舍于郊，召大师曰，为我作君臣相说之乐，美《徵招》《角招》是也。”《韶》如是称道召公，则此处《徵招》《角招》为君臣相说之乐，去初义还不远。召公之后召虎戡定南国，《韶》乐当可行于南国，后来《韶》既与南国有相干，则南国或有此名之遗留：果然《楚辞》中存《招魂》《大招》两篇。这里这个招字当即是《徵招》《角招》的招字，《大招》不如此解乃不词。《招魂·叙》上有“乃下召曰”，遂把《招魂》之招作为动字，不知《叙》和《招魂》本文全不相干，且矛盾，《招魂》本文劝魂归家，东西南北俱不可止，《叙》乃言下召之使上天，明是有人将这一篇固有之礼魂之歌，硬加在屈原身上，遂造作这一段故事作《叙》（楚赋中如此例者不一，《高唐》《神女》之《叙》与本文都不相干）。《吕览·古乐》篇、《周礼·春官·大司乐》，皆载《九招》之名，是由召而出；以招名者，在战国至汉初年多得很了。至于后人何以把韶加在虞身上，大约由于虞地行韶之一种流变，遂以为是出自虞地之先人者。李斯《上秦王书》“郑卫桑间，韶虞舞象者，异国之乐也”，指明了它的流行地了。

其四曰《象舞》。《毛诗序》在《颂》一部分，虽然说得不大明晰，但还没有甚支离的话，且颇顾到《诗》本文，或者其中保存早年师说尚多，不便以其晚出及其为古文学一套中物而抹杀（《毛诗》实是古文之最近情理者，不泰不甚，或本有渊源，为古文学者窃取加入其系统内，说别详）。我们如用毛说，则《维清》为《象舞》之一章。《吕览·古乐》篇：“成王立，殷民反，命周公践伐之，商人服象为虐于东夷，周公遂以师逐之，至于江南，乃为三象，以嘉其德。”商地本出象舞，近人已得证据，象舞应是商国之旧，或者周初借用商文化时取之，熊安生以为即在《武》中，未必有本。又春秋时有万舞，《左传》记其行于楚：“子反欲蛊文夫人，为馆于其侧，而振万焉。”《诗·风》记其行于卫：“简兮简兮，方将万舞。”《商颂》记其行于商："万舞有奕。"或亦是商国之书，远及南服，未知和象舞有关系否？

其五曰嗣王践祚之舞，此舞之名今不知，或可于传记中得到。《闵予》《访落》《敬之》三篇及《烈文》，均应是这个作用。我不是说这四篇应该合起来属一篇，但这四篇中必有如何关系，这四篇都不是单独看便能完全了意思的。现在把《书·顾命》及《诗·闵予小子》《访落》《小毖》《烈文》《敬之》抄在下面，一校便知嗣王践祚之容，当甚繁长。

惟四月，哉生霸，王不怿……王曰："乌乎，疾大渐，惟几，病日臻，既弥留，恐不获誓言嗣，兹予审训命汝：昔君文王武王宣重光，奠丽陈教，则肄肄不违，用克达殷，集大命。在后之侗，敬迓天威，嗣守文武大训，无敢昏逾。今天降疾，殆弗兴弗悟。尔尚明时朕言，用敬保元子钊，弘济于艰难，柔远能迩，安劝小大庶邦。思夫人自乱于威仪，尔无以钊冒贡于非几。"兹既受命，还出缀衣于庭。越翼日乙丑，王崩。太保命仲桓、南宫毛、俾爰、齐侯吕伋，以二干戈、虎贲百人，逆子钊于南门之外。……越七日，癸酉……王麻冕黼裳，由宾阶隮。……太史秉书，由宾阶隮，御王册命。曰："皇后凭玉几，道扬末命，命汝嗣训，临君周邦，率循大卞，燮和天下，用答扬文武之光训。”王再拜，兴，答曰：“眇眇予末小子，其能而乱四方，以敬忌天威。”乃受同、瑁。王三宿三祭三宅，上宗曰：“飨！”太保受同，降盥，以异同，秉璋以酢，授宗人同，拜，王答拜，太保受同，祭哜宅授宗人同，拜，王答拜，太保降，收，诸侯出庙门俟。王出在应门之内，太保率四方诸侯入应门左，毕公率东方诸侯入应门右，皆布乘黄朱，宾称奉圭兼币。曰：“一二臣卫，敢执壤奠。”皆再拜稽首。王义嗣德，答拜，太保及芮伯咸进相揖，皆再拜稽首。曰：“敢敬告天子，皇天改大邦殷之命，惟周文武诞受羑若，克恤西土，惟新陟王，毕协赏罚，戡定厥功，用敷遗后人休。今王敬之哉，张皇六师，无坏我高祖寡命。”

以下《康王之诰》（《康王之诰》是报书，然词义同上）。

王若曰：“庶邦侯甸男卫，惟予一人钊报诰，昔君文武丕平，富不务咎，厎至齐，信用昭明于天下，则亦有熊罴之士，不二心之臣，保乂王家，用端命于上帝，皇天用训厥道，付畀四方，乃命建侯树屏，在我后之人。今予一二伯父，尚胥暨顾绥，尔先公之臣服于先王，虽尔身在外，乃心罔不在王室，用奉恤厥若，无遗鞠子羞。”群公既皆听命，相揖趋出。王释冕，反丧服。

闵予小子，遭家不造，嬛嬛在疚。於乎皇考，永世克孝。念兹皇祖，陟降庭止，维予小子，夙夜敬止。於乎皇王，继序思不忘。

访予落止，率时昭考，於乎悠哉，朕未有艾。将予就之，继犹判涣，维予小子，未堪家多难。绍庭上下，陟降厥家。休矣皇考，以明保其身。

予其惩而毖后患。莫予荓蜂，自求辛螫。肇允彼桃虫，拼飞维鸟，未堪家多难，予又集于蓼。

烈文辟公，锡兹祉福，惠我无疆，子孙保之。无封靡于国邦，维王其崇之，念兹戎功，继序其皇之。无竞维人，四方其训之，不显维德，百辟其刑之。於乎，前王不忘。

敬之敬之，天维显思，命不易哉！无曰高高在上，陟降厥士，日监在兹。维予小子，不聪敬止，日就月将，学有缉熙于光明。佛时仔肩，示我显德行。

以上的排列，并非说《周颂》这几篇便是可以释《顾命》的，也不是说这几篇是和《顾命》同一事，也不是说《周颂》这几篇原来是一件，不过把这两事列在一起看，《周颂》这几篇的作用才更明白。

其六曰稷田之舞。《载芟》《良耜》《丝衣》三篇属之。《丝衣》一篇尤像《豳风·七月》末章。稷田是当时的大事，自可附以丰长之舞容。

此外必尚有其他残篇在《周颂》内，只是此时，或者永远，寻不出头绪来了。

约上文而言之，《周颂》不分章非原不分章，乃是“不得其所”之后零乱得不分章。其所以在三百篇中独遭这个厄运者，由于这些事物的本体原是靠政府保存的，政治大变动便大受影响，只剩了些用旧名而变更成了新体的各种舞乐在民间了。东汉末年文化远高于西周末年，然灵帝以后之大乱，弄得中原众乐沦亡，魏武平荆州，获杜夔，善八音，常为汉雅乐郎，尤悉乐事，于是以为军谋祭酒，使创定雅乐。东汉之乱尚至如此，遑论西周之亡?

大约《周颂》可分三类，一无韵者，二有韵之短章，三有韵之长章，文辞各不同。

上文中涉及两事，心中寻绎起来觉得关涉颇大者：一、西周亡时是怎么个样子？二、《风》《雅》《颂》中关系南者何以这样大？西周亡时，大约是把文物亡得几乎光光净净。因亡国而迁都，都不是能搬着文物走的；永嘉之乱，没有搬出什么东西到建业来；靖康南渡，没有搬出什么东西到临安来。东晋文化只靠吴国的底子。南宋文化只靠江南诸军内的底子。照例推去，则宗周之亡，至少应该一样损失文献，遑论平王以杀父之嫌，申侯以弑君之罪，自取灭亡之后，更不能服人的。《小雅·正月》《雨无正》两篇，记载周既东之初年景况，一望而知当时的周王竟成流离之子，则《诗》《书》《礼》《乐》带不出来，是当然的。而据周故地者，先是野蛮的犬戎，后是称中国为蛮夏的戎秦，其少保存胜国文物更不必说。所以现在所见《诗》《书》关于西周者，应该别有来源处，断不能于既东之周室求之。那么，来源处在哪里？我想，一是南国，二是鲁。

先说南国。照上文说，韶乐与召公当有一种关系，如《武》之于武王。《颂》中既有勺一章，则《颂》和南国当不是没有关系的。就《小雅》论，说到地名人名，涉及南国者不少。《出车》所记是北伐，而北伐之人是南仲；此诗是"玁狁于夷"后"薄言旋归"者，仿佛当时移镇南之师以为北征。《六月》之尹吉甫不知即是《大雅·常武》之尹否，若是，则伐玁狁至于太原之人，也曾有事于东南。方叔之方应在西周境内，故玁狁来侵，则侵镐及方，薄伐玁狁，则往城于方；《采芑》中以方叔南征，又若移直北之师以为平南。《四月》所记又是"滔滔江汉"，"瞻彼洛矣"亦是东都之诗，《鼓钟》又有“淮水湝湝”之语，《鱼在于藻》有“王在在镐”之文，然这可是遥祝之语。《小雅》中有地方性之诗，只伐猃狁涉及西周，其余皆在南国，或东周区域之内；所记之事，除燕享相见的礼仪外，几乎大多数是当周室之衰，士大夫感于散亡离乱之词。《大雅》称述周先德及克殷功烈者颇多，但除去涉及文武者外，所指地名人名都关涉南国及东周诸侯者。《崧高》之申伯，《江汉》之召虎，《常武》之南仲，乃及《烝民》中“城彼东方”之仲山甫，皆是南国重要人物；即《韩奕》之韩侯，虽未记其涉南国事，但韩亦近洛，只到《召旻》，宗周既亡，所思亦是召公之烈。《大雅》自《烝民》以下无不涉南国者。如此看来，《大雅》《小雅》之流传和南国当有一段因缘。

《大雅》《小雅》不尽是西周诗，有确切之内证。《正月》“赫赫宗周，褒姒灭之”；《雨无正》“周宗既灭”，犹云宗周既灭；《召旻》“昔先王受命，有如召公，日辟国百里，今也日蹙国百里”，从此可知《大雅》《小雅》绝不是全数出自西周的。又如上节所举事实，南国成分占这么多，若是出于西周，不会如此偏重南国。宗周三百年间文献，为什么要偏于厉、宣两朝之一隅？又《大雅》《小雅》之记丧乱，就辞义看去，许多已是“亡国之音哀以思”，至少也是出于两代的政景，故这些虽未指明南地的，也只能出于南国或东周之初。从这些事实上我们可以断定《大雅》中总有不少一部分是由南国传下的。至于《大雅》之述先烈，

《小雅》之记礼乐，也许是从南国出来，也许是从东周保存故周礼乐最多的鲁国出来，也许春秋初其他列国中还有些保存的，现在未能决定；不过《鼓钟》明言“鼓钟钦钦，鼓瑟鼓琴，笙磬同音，以雅以南，以籥不僭”，雅南配合在一起，则其中关系之大，恐有过于我们上文所叙者。《大雅》《小雅》各篇，以时代论，集在宣、幽、平时代如此多；以地方论，集在南国徐、淮如此多；以事迹论，集在南国拓土上如此多；以感情论，集在政乱国破上如此多，若把这么一套作为宗周遗物，则由文王算起，大约宗周有三百年，即令前半诗体不发达，也何至有这样的分配？若看作大部分自南国出，这样时代地方事迹分配不平之怪状，都可释然了。

《风》中之《周南》《召南》固明指南地，且看它是何时诗、何地诗。二《南》中之地名，有河、汝、江、汉，南不逾江，北不逾河，西不涉岐周任何地名，当是黄河南、长江北，今河南中部至湖北中部一带。二《南》中之时代，有《何彼秾矣》篇中“平王之孙”一语，证其下及春秋初世；有《甘棠》一篇中“召伯所茇”一语，证其后于《召虎》多少年，这一篇恐正如《大雅》之《召旻》，因丧乱而思先烈；又《汝坟》一篇也言“王室如毁”，恰是在《风》中对待在《雅》中《正月》《十月》《雨无正》等篇者。《南》《雅》之相对已如此合符，至于词句中相同处更多，不待尽举，且有连着几句同者，如“喓喓草虫，趯趯阜螽。未见君子，忧心忡忡。既见君子，我心则降”，同见《小雅·出车》《召南·草虫》。又《毛序》论变风“发乎情止乎礼义”之说，实在只有在二《南》可通，邶、鄘、卫、王、郑、齐、陈都包括很多并没有节制的情诗。二《南》之作用实和其他《国风》有些不同：第一，二《南》的情诗除《野有死麕》一篇外都是有节制的；第二，二《南》中不像是些全在庶人中的诗，已经上及士大夫的环境和理想；第三，二《南》各篇，如《关雎》为结婚之乐，《樛木》《螽斯》为祝福之词，《桃夭》《鹊巢》为送嫁之词，皆和当时礼制有亲切关系，不类其他《国风》咏歌情意之诗，多并不涉于礼乐。《小雅》的礼乐在燕享相见成室称祝等。二《南》的礼乐在婚姻备祀（《采蘩》《采蘋》）成室称祝等，礼乐有大小，而同是礼乐。《南》之不同于《风》而同于《雅》者既如此多，则说《南》《雅》当是出于一地之风气，可以信得过去了。

说到此，不由不问南国究竟是怎么一回事了。周室之兴，第一步是征服了西方所谓伐密伐崇戡黎者，这时候文王对于诸夏，仅做到断虞芮之讼而已。第二步是东出，武王只做到了诛纣，禄父还是为商主，只把管蔡重兵监着罢了。到周公乃真灭商，以封曹、卫、鲁、燕等国。成王时又北出灭唐，以封唐叔。记南国开辟事最早见者是“昭王南征不复”，其前在成康时如何形状，现在全无明文可见。《大雅》《小雅》开辟南国各诗，《毛序》皆归之宣王时，但《国语》载宣王事多非善政，既败于姜氏之戎，又丧南国之师，又兴鲁难。厉王和幽王并称，当是战国时事，厉王只是严厉，为国人所逐，彼时之周尚强大，能将熊渠之王号去之，或南征各篇上及厉王，也甚可能者。周之开南国当是很长久的事，南至江汉，封建诸姬，至楚兴乃尽灭之（《左传》：“汉阳诸姬，楚实尽之。”），这样子绝不是一时的事。在周朝最盛的时代开辟了一片新疆土，成了殖民行军的重地，又接近成周，自然可以发达文化。这一片地有直属于王室者，有分封诸侯者；直属于王室者曰周南，分封诸侯统于召伯者曰召南。在这一片地殖民之士大夫所用礼乐，自然可以来自宗周，也可出于诸夏，也不免有些自己的制作。及宗周政变，这些地方大约也很受些影响，平王带着弑父弑君的罪名来居雒，实在做不出共主的局面来，这些文物的南国，当不能如厉宣时之盛。不过在楚未大时，尚能保持其文物，至周庄王末年，楚始强大，伐申成随，弄得周人戍申责随，从此不久，楚武文两世几乎把南国尽灭了，江汉间姬姓的势力完全失了。成随后四五十年间，楚逼中国之势更大，齐桓公遂称伯伐楚，宋襄、鲁僖、晋文继续对付南来之逼迫，为春秋之最大事件。晋两次受伯，一次以义和辅周之东迁，一次以重耳城濮之败楚，两事在周史上重要相等。周之宗亡于犬戎，周所封建之南国灭于楚，所谓南国之寿命大约从西周的下半到平王都洛后六七十年间，总也有百多年至百五十多年的历史。

以上一段不是牵引的话，乃就《史记·周本纪》《史记·楚世家》《史记·十二诸侯表》《左传》《国语》及《诗》之本文辑合起来的。南国之解既稍清楚，有一谬说可借以扫除者，即周、召分伯一左一右陕西陕东之论。周公称王灭殷，在武王成王间，其时之召公奭只是一个大臣，虽《君奭》篇中亦不见他和南国有何相干。开辟南国是后起事，那时召伯虎为南国之伯，去召公奭不知有几世了。周室既乱，南国既亡，召伯之遗爱犹在，南国之衰历历在《周南》，《召南》，大、小《雅》中见之。亡于楚后，南人文化尤为中原所称，如《论语》："南人有言，人而无恒，不可以作巫医、信夫。"又如《中庸》："南方之强也，而君于居之。"到孟子时才以南为楚而诋之，忘其为文物之遗，犹之东晋人仍谓中原人士为"先帝遗民"，宋齐以后并北地汉人亦称为索虏矣。南国之孑遗，他的功烈也在人口及诗中。秦时始以陕分中国为二。儒者忘了历史，遂把召公奭、召伯虎混为一人，以至于东征之周公，平南之召伯，作为同时，更从秦人关内关外之观念，以陕分二伯。汉初儒者实不知史事，司马迁说："学者皆称周伐纣，居洛邑，综其实不然，武王营之，成王使召公卜居，居九鼎焉，而周复都丰镐。至犬戎败幽王，周乃东徙于洛邑。"西周东周且不知，自然会把召公奭、召伯虎混了的。又战国人造《牧誓》，把一切西方南方蛮族加入师中，不知周人自赞他的文王之诗，也不敢说这些大话，只举他伐崇怀虞芮而已。

《书》中有《甫刑》一篇，和其他周书都不是一类，且时代前边接不上周公成王那一大堆，后边接不上《文侯之命》，来源颇可疑。《诗》中有“生甫及申”语，皆“南国是式”者，甫侯既是南国之一，《甫刑》又记苗事，当亦是南国典书之孑遗者。

南国而外，《诗》《书》从鲁国出来的必很多。鲁国和儒者的关系，儒者和六艺的关系，是不能再密切的了。战国初年的儒学，多是由所谓七十子之徒向四方散布，汉初年的儒学，几乎全是从齐鲁出来，这些显然的事实还都是后来的。我们且去看《诗》《书》在早年如何流行。《左传》昭二年，晋侯使韩宣子来聘，观书于太史氏，见《易象》与《鲁春秋》，曰：“周礼尽在鲁矣，吾乃今知周公之德，与周之所以王也。”这句话里有一矛盾处，书之用为泛名，经传皆曰书，是甚后的事，襄昭之世尚不至此。《论语》中尚且以“书”为今所谓《尚书》之专名，则观“书”只能观出所谓《周书》者来，不能观出《易象》与《鲁春秋》来。又《易》和儒学、鲁国之关系最浅，《论语》不曾提及易一字（今流行本“五十以学易”，本是古文所改，原作亦，从下读，引见《经典释文》），而《易》之传授见于《儒林传》者，和《易》之作用见于《左传》等者，均不和儒家相涉。是《易》之入儒当为汉代事（另论），和周公无干。《春秋》比附于周公，又是古文学之伪说，前人辨之已详。此处“见《易象》与《鲁春秋》”，显是为古文学者从《国语》里造出《左传》来的时候添的，以证其古文说，而不知和上文观《书》之书字矛盾。这样看来，见《易象》与《鲁春秋》，应是为古文学者加入者，原文只是观《书》于太史氏，遂感于《周礼》尽在矣。伏生所传《周书》有《牧誓》《洪范》《金縢》《大诰》《康诰》《酒诰》《梓材》《召诰》《雒诰》《多士》《无逸》《君奭》《多方》《立政》《顾命》《费誓》《吕刑》《文侯之命》《秦誓》各篇。《牧誓》《洪范》出来应甚后，文辞甚不合，《牧誓》已是吊民伐罪之思想，和《诗》所记殷周之际事全不同，《义解》当和《汤誓》《甘誓》同出战国，为三代造三誓以申其吊民伐罪之论。《洪范》更是一套杂学，有若《吕氏春秋》之目录。《周书》的前端两篇如此，后端则《费誓》已经余永梁先生考证其非伯禽时物，应和《鲁颂》同涉僖公；《吕刑》一篇，上文已说其可出于南国；《文侯之命》《秦誓》已是春秋时物，当另有来源，且以秦之介乎蛮夷间，断难流传其文书于河山以东，恐怕这是伏生故为秦博士，由他传《周书》的痕迹。至于中间由《金縢》《大诰》至《立政》十二篇，都是说周公成王间事，诚可由此感觉到“周礼在鲁，周公之德，与周之所以王也”。然则韩宣子之言，即《周书》大部分出于鲁国之证。又《大诰》乃周公称王东征之始，《立政》乃周公将老归政成王之书，周公占这么大的成分，《周诰》几乎全成了周公之诰，《周书》几乎全成了周公之书。《周书》中这样偏重周公，何以《雅》《颂》中不及周公一字，《诗》《书》相反若此？且《金縢》里边的话，只有周公之党与裔可以这样说，宗周三百年中尤其不能独有周公居东数年的话语为大典章，则今伏生所传《周书》之不能出于宗周，可以无疑；而伏生所传《周书》大部出于鲁，即出于周公之党与裔，亦可信矣。然则《周书》只是鲁书，入战国而首尾附益了几篇，有来自别一源者，有是儒者造作者，以成伏生入汉所传。

《诗》中可疑为鲁者，为《豳风》。我一向相信豳应在岐周，但现在有三事使我不得不改信《豳风》是鲁传出。一、《金縢》既不能不信其为鲁国所出了，偏偏《金縢》中有一解释《鸱鸮》之文，异常不通。《鸱鸮》本是学鸟语的一首诗，在中国文学中有独无偶，而《金縢》中偏把它解作周公、管、蔡间事，必是《鸱鸮》之歌流行之地与《金縢》篇产生之地有一种符合，然后才可生这样造作成的“本事”。二、《左传》襄二十九年：“吴公子札来聘……为之歌《豳》，曰：美哉荡乎，乐而不淫，其周公之东乎！”果然周公之名在《诗》中只见于此处，而东山征戍之叹音，“无使我公归兮”之欲愿，皆和周公之东情景符合。至于《七月》中词句事节颇同《雅》《颂》，亦可缘鲁本是周在东方殖民之国，其保有周之故风，应为情理之常。三、《吕氏春秋·音初》篇：“乃作为破斧之歌，实始为东音。”今《破斧》正在《豳风》，虽附丽之事，不与《吕览》所记者同，然调子却是那个调子。有此三证，则《豳风》非出于豳，乃出于宗周在东方殖民之新豳，当是可以成立的了。至于《雅》《颂》中有专自鲁国出来者否，未可知。

除南鲁两地而外，为《诗》《书》之出产地者，尚有宋。箕子之守朝鲜，实以相土时即有辽东（《商颂》：“相土烈烈，海外有截。”），故宗周虽亡，犹可保守东疆，如晋宋南迁，只以辽东文化不发达，后来乃忘了这一段故实。微子朝周，实等于刘姓宗室向王莽献符命，所谓殷有三仁之中，竟有他来陪衬比干箕子，当是他的后代宋国的话。殷在亡国时，疆土大，势力也大，牧野之战，“殷商之旅，其会如林”，虽把纣杀了，武庚犹在商国。及周公居东，三年经营，才能灭商。迁商顽民，到底不能绝殷祀，并用些恭维话，称商之德，安诸夏之心。宋不用姓，亦无封爵之号。周朝的习惯，男子称氏，女子称姓，然子并非姓，宋国女子以子为号，与箕子之子、公子之子，当是同源。至于公之一词，本是诸侯及周室大夫之泛称，《诗》《书》所记都这样，侯伯子男乃是封建之号（此一说别详）。所以宋在立国上本有些不同于诸侯者，在遗训上当有些承受自前者，然商之文物，数次被周人扫荡一空，宋在初年当没有若何的事物可记。到春秋时，中国之局面大变，周室等于亡国，中原无有力之共主。而戎狄南侵，至于郑卫，荆楚北窥，尽有南国，诸夏文化几乎又要遭一场大厄，齐桓拿这些号召做了一番霸业，宋襄公跟着又恢复他的国族主义了。《商颂》即成于此时，若末篇《殷武》，直说襄公伐楚的事业，这本是三家旧说，赵宋人有信之者，而罗泌考证，以荆楚一词并非商旧，更是明切。《商颂》既为《宋颂》，则《商颂》必自宋出，若《书》中之宋国成分，则当于《商书》中求之。《汤誓》疑是战国时为吊民伐罪论者作的，可别论；《盘庚》三篇文辞不如《周诰》古，而比其他虞夏商周书都古，疑是西周末宋人所追记前代之典。若《高宗肜日》《西伯戡黎》《微子》三篇，以文辞论，当更后。高宗是儒者所称“三年之丧”一义之偶像，西伯之称当是宋人之称文王者，周人自称曰文王，商宋人称他曰西伯，《诗》《雅》《颂》绝未提及西伯一名，且周人断无称他这一号之理，犹满州决不会称他的先世为建州卫都指挥。殷周之际恐很像大明与清虏之关系，明已亡其半，犹对清说：“贵国昔在先朝，夙膺封号，载在盟府，宁不闻乎？”（《史阁部答多尔衮书》）清虏在初步虽和中国已动干戈，还并不敢对明有贬词（皇太极《侵明告示》中可见），直到其帝玄烨才为诡辩，说“得国之正无过本朝”，谓本是异国也。此可解释文王西伯之称，实因周宋而异，然则《西伯戡黎》又是《宋书》了，《微子》一篇说的微子不是降周为山阳公，崇礼侯，而是遁世，这也很像宋人曲为其建国之君讳者。就这些看，至少可以假定《商书》大都分是《宋书》。

此外尚有一国恐怕和儒者所传之《诗》《书》有不小关系者，即卫国。卫国所据本纣之都，其地的文化必高，又是周之宗盟中大国。《论语》：“吾自卫反鲁，然后乐正，雅颂各得其所。”或者孔子时代鲁国人造作得很自由，“三家者以雍彻”，竟须借卫国所存以正鲁国了。《风》中亦以卫诗为最多，而《卫风》即是北音。《吕览·音初》篇，北音之始为燕燕往飞，今燕燕于飞，在邶、鄘、卫。

西周亡，文物随着亡，南亡而“周礼尽在鲁矣”。“诗三百”，孔子时已经成了一个现成名词，则其成立必在孔子前。“三百”之名称虽成，然孔子所见《诗》和我们所见还有些甚不同处，“唐棣之华，偏其反而。岂不尔思？室是远而”，已不在《诗经》，犹可说孔子嫌它不通，“未之思也，夫何远之有”，而删去了。然如“巧笑倩兮，美目盼兮”，今见《硕人》，下边并没有“素以为绚兮”，这是孔子注意的话，也不在了。《左传》襄二十九年所记吴季札语，不知有没有古文学者改动，若不是改动过的，则魏文侯时，《诗》之次序已和现在所见者大都同了。《孟子》《荀子》《礼记》引《诗》分合处常和现在所见者不同，又有些篇目不见者，不知是名称和今见《毛诗》不同或是遗失。《大戴记·投壶》：“凡《雅》二十六篇，共八篇可歌，歌《鹿鸣》《狸首》《鹊巢》《采蘩》《采蘋》《伐檀》《白驹》《驺虞》。”好几篇今在二《南》者，放在《雅》中；《伐檀》一篇，又在《魏风》，甚可怪。王静安先生以为《诗》《乐》早已分传，恐是。果然这样，则《雅》《南》关系之切，上文所举外，又得一证。总而言之，《诗》各部分之集合，应当成于孔子之前，雅、颂、南、郑之名均见《论语》，其后流传上大同小异，入汉才有现在所见的“定本”呵。

《论语》说《书》处较少，恐怕孔子所见只是些鲁国所传的周公之书，也许有些宋国所传殷家之书，“谅闇三年”，“孝乎惟孝”，恐皆出自《商书》。战国时大约《尚书》大扩充了一下子，虞夏传说，吊民伐罪，各种理想，一齐搬进。《大誓》总是战国时儒者所传一篇重要书。入汉而伏生为二十八篇之定本；然真书假书永是闹个不已，只闹到齐梁人大航头上二十八字。《诗》之集合在孔子前，孔子以后不过是些少出入，《书》之集合在孔子后，众来闹着大变动，《诗》《书》在传授的生命上是大不同的。我们上文所叙可供人设想《诗》《书》的成分如何因地分析，以证其时代，我也断定儒者所传六艺都是和十二诸侯年表一样，不上于共和的。杞不足征夏，宋不足征殷，雒京不足征周。

附记：以上匆匆论《诗》《书》之成分，只谈到轮廓，其详细的问题待继续考核材料，搜集证据。我的朋友余永梁先生近谓《方言》颇和《诗》《书》中语有可比较处，正作这番工夫。若成，必得若干比上文所叙确实得多的知识。

《大雅》

雅之训恐已不能得其确义

自汉儒以来，释“雅”一字之义者，很多异说。但都不能使人心上感觉到涣然冰释。章太炎先生作《〈大雅〉〈小雅〉说》，取《毛序》“雅者政也”之义，本《孟子》“王者之迹熄而《诗》亡，《诗》亡然后《春秋》作”之说，以为雅字即是迹字，虽有若干语言学上的牵引，但究竟说不出断然的证据来。又章君说下篇引一说曰：

> 《诗谱》云：“迩及商王，不风不雅。”然则称雅者放自周。周秦同地，李斯曰：“击瓮叩缶，弹筝搏髀，而呼乌乌快耳者，真秦声也。”杨恽曰：“家本秦也，能为秦声，酒后耳热，仰天拊

缶，而呼乌乌。”《说文》：“雅，楚乌也。”雅乌古同声，若雁与鴈，凫与鹜矣！大小雅者，其初秦声乌乌，虽文以节族，不变其名，作雅者非其本也。

此说恐是比较上最有意思的一说（此说出于何人，今未遑考得）。《小雅·鼓钟》“以雅以南”，这一篇诗应该是南国所歌，南是地名，或雅之一词也有地方性，或者雍州之声流入南国因而光大者称雅，南国之乐普及民间者称南，也未可知。不过现在我们未找到确切不移的证据，且把雅字这个解释存以待考好了。（《论语》“子所雅言，诗书执礼，皆雅言也”之雅字，作何解，亦未易晓。）

《大雅》的时代

《大雅》的时代有个强固的内证。吉甫是和仲山甫、申伯、甫侯同时的，这可以《崧高》《烝民》为证。《崧高》是吉甫作来美申伯的，其卒章曰：“吉甫作颂，其诗孔硕，其风肆好，以赠申伯。”《烝民》是吉甫作来美仲山甫的，其卒章曰：“吉甫作诵，穆如清风，仲山甫永怀，以慰其心。”而仲山甫是何时人，则《烝民》中又得说清楚：“四牡彭彭，八鸾锵锵。王命仲山甫，城彼东方。四牡骙骙，八鸾喈喈。仲山甫徂齐，式遄其归。”《史记·齐世家》：

盖太公之卒百有余年（按年应作岁，傅说谓大公卒时百有余岁也），子丁公吕伋立。丁公卒，子乙公得立。乙公卒，子癸公慈母立。癸公卒，子哀公不辰立（按，哀公以前齐侯谥用殷制，则《檀弓》五世反葬于周之说，未可信也）。哀公时纪侯谮之周，周烹哀公而立其弟静，是为胡公。胡公徙都薄姑而当周夷王之时，哀公之同母少弟山怨胡公，乃与其党率营丘人袭杀胡公而自立，是为献公。献公元年，尽逐胡公子，因徙薄姑都治临菑。九年，献公卒，子武公寿立。武公九年，周厉王出奔于彘，十年王室乱，大臣行政，号曰共和，二十四年周宣王初立。二十六年武公卒，子厉公无忌立。厉公暴虐，故胡公子复入齐，齐人欲立之，乃与攻杀厉公，胡公子亦战死。齐人乃立厉公子赤为君，是为文公，而诛杀厉公者七十人。

按，厉王立三十余年，然后出奔彘，次年为共和元年。献公九年，加武公九年为十八年，则献公九年乃在厉王之世，而胡公徙都薄姑，在夷王时，或厉王之初，未尝不合。周立胡公，胡公徙都薄姑；则仲山甫徂齐以城东方，当在此时，即为此事。至献公徙临菑，乃杀周所立之胡公，周未必更转为之城临菑。《毛传》以“城彼东方”为“去薄姑而迁于临菑”，实不如以为徙都薄姑。然此两事亦甚近，不在夷王时，即在厉王之初，此外齐无迁都事，即不能更以他事当仲山甫之城齐。这样看来，仲山甫为厉王时人，彰彰明显。《国语》记鲁武公以括与戏见宣王，王立戏，仲山甫谏。懿公戏之立，在宣王十三年，王立戏为鲁嗣必在其前，是仲山甫及宣王初年为老臣也。（仲山甫又谏宣王料民，今本《国语》未纪年。）仲山甫为何时人既明，与仲山甫同参朝列的吉甫、申伯之时代亦明，而这一类当时称颂的诗，亦当在夷王厉王时矣。这一类诗全不是追记，就文义及作用上可以断言。《烝民》一诗是送仲山甫之齐行，故曰："仲山甫徂齐，式遄其归。吉甫作诵，穆如清风，仲山甫永怀，以慰其心。"这真是我们及见之最早赠答诗了。

吉甫和仲山甫同时，吉甫又和申伯同时，申伯又和甫侯一时并称，又和召虎同受王命（皆见《崧高》），则这一些诗上及厉、下及宣，这一些人大约都是共和行政之大臣。即穆公虎在彘之乱曾藏宣王于其宫，以其子代死，时代更显然了。所以《江汉》一篇，可在厉代，可当宣世，其中之王，可为厉王，可为宣王。厉王曾把楚之王号去了，则南征北伐，城齐城朔，薄伐猃狁，淮夷来辅，固无不可属之厉王，宣王反而是败绩于姜氏之戎，又丧南国之人。

大、小《雅》中那些耀武扬威的诗，有些可在宣时，有些定在厉时，有些或者是在夷王时的，既如此明显，何以《毛序》一律加在宣王身上？曰这都由于太把《诗》之流传次序看重了：把前面伤时的归之厉王，后面伤时的归之幽王，中间一大段耀武扬威的归之宣王。不知厉王时王室虽乱，周势不衰，今所见《诗》之次序是绝不可全依的，即如《小雅·正月》中言“赫赫宗周，褒姒灭之”，《十月》中言“周宗既灭”，此两诗在篇次中颇前，于是一部《小雅》，多半变作刺幽王的，把一切歌乐的诗、祝福之词，都当作了刺幽王的。照例古书每被人移前些，而大、小《雅》的一部被人移后了些，这都由于误以《诗》之次序为全合时代的次序。

《大雅》之终始

《大雅》始于《文王》，终于《瞻卬》《召旻》。《瞻卬》是言幽王之乱，《召旻》是言疆土日蹙，而思召公开辟南服之盛，这两篇的时代是显然的。这一类的诗是不能追记的。至于《文王》《大明》《绵》《思齐》《皇矣》《下武》《文王有声》《生民》《公刘》若干篇，有些显然是追记的。有些虽不显然是追记，然和《周颂》中不用韵的一部之文辞比较一下，便知《大雅》中这些篇章必甚后于《周颂》中那些篇章。如《大武》《清庙》诸篇能上及成康，则《大雅》这些诗至早也要到西周中季。《大雅》中已称商为大商，且云：“殷之未丧师，克配上帝。”全不是《周颂》中“遵养时晦”（即“兼弱取昧”义）的话，乃和平地与诸夏共生趣了。又周母来自殷商，殷士祼祭于周，俱引以为荣，则与康之敌意已全不见。至《荡》之一篇，实在说来鉴戒自己的，末一句已自说明了。

《大雅》不始于西周初年，却终于西周初亡之世，多数是西周下一半的篇章。《孟子》说："王者之迹熄而《诗》亡，《诗》亡然后《春秋》作。"这话如把《国风》算进去是不合的；然若但就《大雅》《小雅》论，此正所谓王者之迹者，却实在不错。《大雅》结束在平王时，其中有平王的诗，而《春秋》始于鲁隐公元年，正平王之四十九年也。

《大雅》之类别

《大雅》本是作来作乐用的，则《大雅》各篇之类别，应以乐之类别而定，我们现在是不知道这些类别的了。若以文辞的性质去做乐章的类别，恐怕是不能通达的。但现在无可奈何，且就所说的物事之不同，分析《大雅》有几类，也许可借以醒眉目。

甲、述德

《文王》《大明》《绵》《思齐》《皇矣》《下武》《文王有声》《生民》《公刘》九篇，皆述周之祖德。这不能是些很早的文章，章句整齐，文辞不艰，比起《周颂》来，顿觉时代的不同。又称道商国，全无敌意，且自引为商室之甥，以为荣幸，这必在平定中国既久，与诸夏完全同化之后。此类述祖德词中每含些儆戒的意思，如《文王》。又《皇矣上帝》一篇，文王在那里见神见鬼，是“受命”一个思想之最充满述说者，俨然一篇自犹太《旧约》中出的文字。

乙、成礼

成礼之辞，《小雅》中最多，在《大雅》中有《棫朴》《旱麓》《灵台》《行苇》《既醉》《凫鹥》《假乐》《泂酌》《卷阿》九篇。

丙、儆戒

《民劳》《板》《荡》《抑》四篇。此类不必皆在周室既乱之后，《周诰》各篇固无一不是儆戒之辞。

丁、称伐

《崧高》《烝民》《韩奕》《江汉》《常武》五篇皆发扬蹈厉，述功称伐者，只《常武》一篇称周王，余皆诵周大臣者。

戊、丧乱之音

《桑柔》《云汉》《瞻卬》《召旻》四篇，皆丧乱之辞。其中《召旻》显是东迁以后语，日蹙国百里矣。《瞻卬》应是幽王时诗，故曰“哲妇倾城”，词中只言政乱，未及国亡。《桑柔》一篇，《左传》以为芮伯刺厉王者，当是刘歆所加。曰“靡国不泯”，曰“灭我立王”，皆幽王末平王初政象，厉王虽出奔，王室犹强；共和行政，不闻丧乱，犬戎灭周，然后可云靡国不泯耳。《云汉》一篇，恐亦是东迁后语，大兵之后，继以凶年，故曰：“天降丧乱，饥馑荐臻。”《小雅·十月之交》明言宗周已灭，其中又言“降丧饥馑，斩伐四国”，故《云汉》或与《十月之交》为同时诗。

《小雅》

《小雅》《大雅》何以异

《小雅》《大雅》之不在一类，汉初《诗》学中甚显，故言四始不言三始，而《鹿鸣》《文王》分为《小雅》《大雅》之始。但春秋孔子时每统言曰“雅”，不分大小，如《诗·鼓钟》“以雅以南”，《论语》“雅颂各得其所”，都以雅为一个名词的。即如甚后出的《大戴礼记·投壶》篇所指可歌之雅，有在《南》中者，而大、小《雅》之分，寂然无闻。我们现在所见大、小《雅》之别，以《左传》襄二十九年吴季札观乐一节所指为最早，而《史记》引鲁诗四始之说，始陈其义。我们不知《左传》中这一节是《国语》中之旧材料或是后来改了的。我们亦不及知《雅》之分小大究始于何时，何缘而作此分别？大约《雅》可分为小大，或由于下列二事：一、乐之不同；二、用之不同。其实此两事正可为一事，乐之不同每缘所用之处不同，而所用之处既不同，则乐必不能尽同也。我们现在对于《诗三百》中乐之情状，所知无多，则此问题正不能解决，姑就文辞以做类别，当可见到《小雅》《大雅》虽有若干论及同类事者，而不同者亦多。《颂》《大雅》《小雅》《风》四者之间，界限并不严整，《大雅》一小部分似《颂》，《小雅》一小部分似《大雅》，《国风》一小部分似《小雅》。取其大体而论，则《风》《小雅》《大雅》《颂》各别；核其篇章而观，则《风》（特别是二《南》）与《小雅》有出入，《小雅》与《大雅》有出入，《大雅》与《周颂》有出入，而二《南》与《大雅》或《小雅》与《周颂》，则全无出入矣。此正所谓“连环式的分配”，图之如下：

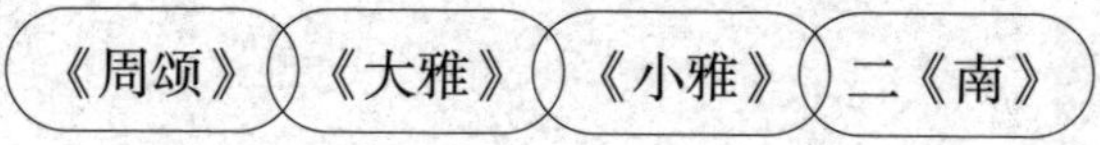

今试以所用之处为标，可得下列之图，但此意仅就大体，其详未必尽合也。

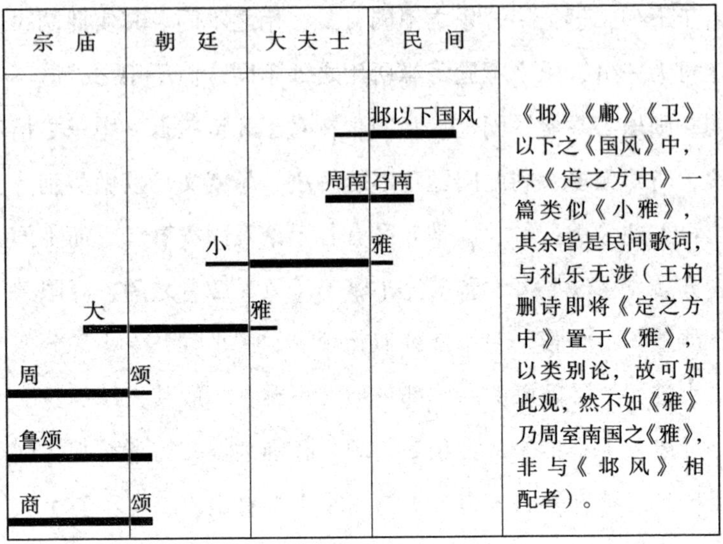

故略其不齐，综其大体，我们可说《风》为民间之乐章，《小雅》为周室大夫士阶级之乐章，《大雅》为朝廷之乐章，《颂》为宗庙之乐章。

《小雅》之词类

《小雅》各篇所叙何事，今以类相从，制为一表，上与《大雅》比，下与二《南》《豳风》比，亦可证上文“连环式的分配”之一说。《国风》中只取二《南》及《豳》者，因《雅》是周室所出，二《南》亦周室所出，《豳》则“周之既东”，其他国风属于别个方土民俗，不能和《雅》配合在一域之内。

表中类别之词，恐有类似于《文选》之分诗赋者，此实无可如何事，欲见其用，遂不免于作这个模样的分别了。

大　　雅	小　　雅	周南、召南	豳　风
述祖德 《文王》《大明》《绵》《思齐》《皇矣》《下武》《文王有声》《生民》《公刘》。			
成礼 《棫朴》《旱麓》《灵台》《行苇》《既醉》《凫鹥》《假乐》《泂酌》《卷阿》。	宴享相见称福之辞 一、宴享 《鹿鸣》《彤弓》（以上宾客）《唐棣》《頍弁》（以上兄弟），《伐木》（友生），《鱼丽》《南有嘉鱼》《南山有台》《湛露》《瓠叶》（以上未指明宴享者）。 二、相见 《蓼萧》《菁菁者莪》《庭燎》《瞻彼洛矣》《裳裳者华》《隰桑》《采菽》（此是朝王之诗）。 三、称福 《天保》《桑扈》《鸳鸯》《斯干》（成室之诵），《无羊》（诵富），《楚茨》《信南山》《甫田》《大田》（以上恰是雅中之对待七月者），《鱼藻》（遥祝五福）。 以上三类但示大别，实不能尽分也。	《樛木》《螽斯》《麟趾》。	《七月》。

大雅	小雅	周南、召南	豳风
	四、戎猎 《车攻》《吉日》。	《驺虞》。	
	五、婚乐 《车舝》。	《关雎》 《桃夭》 《鹊巢》。	
称伐 《崧高》《烝民》 《韩奕》《江汉》 《常武》。	诵功 《六月》《采芑》《黍苗》。		
儆戒 《民劳》《板》 《荡》。 丧乱 《桑柔》《云汉》 《瞻卬》《召旻》。	怨诗 一、伤乱政 《沔水》《节南山》《巧言》《何人斯》《巷伯》《青蝇》（以上四诗刺谗佞），《角弓》（刺不亲亲），《菀柳》（？）。		
	二、悲丧亡 《正月》《十月之交》《雨无正》《小旻》《小宛》《小弁》。	《甘棠》 《汝坟》。	
	三、感愤 《祈父》《黄鸟》《我行其野》《苕之华》《无将大车》。		
	四、不平 《大东》（颇似《伐檀》）《四月》《北山》。 以上一与二，三与四。姑假定其分，实不能固以求之。	《小星》。	
	行役及伤离 《四牡》《皇皇者华》《采薇》《出车》《杕杜》《鸿雁》《小明》《鼓钟》《渐渐之石》《何草不黄》。	《草虫》。	《东山》 《破斧》。

大雅	小雅	周南、召南	豳风
	杂诗		
	一、弃妇词 《谷风》(恰类《邶》之《谷风》)，《白华》。		
	二、思亲之词 《蓼莪》。		
	三、怨旷词 《采绿》。	《卷耳》 《殷其雷》。	
	四、思女子之辞 《都人士》。	以礼为防之诗	《伐柯》。
	五、行路难 《绵蛮》。	《汉广》	
	六、未解者 《鹤鸣》《白驹》。	《行露》。	
		爱情诗 《摽有梅》 《江有汜》 《野有死麕》。	
		妇事及妇词 《葛覃》 《采蘩》 《采蘋》 《芣苢》。	
		状诗 《兔罝》 《羔羊》《何彼秾矣》。	《九罭》 《狼跋》。
			作鸟语诗 《鸱鸮》。

“雅者政也”

《毛诗·卫序》云：“雅者政也，言王政之所由废兴也，政有大小，故有《小雅》焉，有《大雅》焉。”这句话大意不差，然担当不住一一比按。《六月》《采芑》诸篇所论，何尝比《韩奕》《崧高》为小？《瞻卬》《召旻》又何尝比《正月》《十月》为大？不过就全体论，《大雅》所论者大，《小雅》所论者较小罢了。《雅》与《风》之绝不同处，即在《风》之为纯粹的抒情诗（这也是就大体论），《雅》乃是有作用的诗，所以就文辞的发扬论，《风》不如《雅》，就感觉的委曲亲切论，《雅》亦有时不如《风》。

《雅》之文体

《雅》之体裁，对于《国风》甚不同处有三：第一，篇幅较长；第二，章句整齐；第三，铺张甚丰。这正是由于《风》是自由发展的歌谣，《雅》是有意制作的诗体。故《雅》中诗境或不如《风》多，《风》中文辞或不如《雅》之修饰。恐这个关系颇有类于《九章》《九辩》与《汉赋》之相对待处。以体裁之发展而论定时代，或者我们要觉得《国风》之大部应在《雅》之大部之先，而事实恰相反。这因为《国风》中各章成词虽后，而其体则流传已久；《雅》中各章出年虽早，而实是当年一时间之发展而已。楚国诗体已进化至屈宋丰长之赋，而《垓下》《大风》犹是不整之散章，与《风》《雅》之关系同一道理。

《鲁颂》《商颂》述

解释《诗三百》之争论，以关于《鲁颂》者为最少。以为《鲁颂》是僖公时诗，三家及《毛诗》一样，这正因为《诗》本文中已有“周公之孙，庄公之子”，“令妻寿母”（从朱于读）的话，即使想作异说，也不可能。但三家诗以《鲁颂》为僖公时公子奚斯所作，恐无证据。《闷宫》卒章说“寝庙奕奕，奚斯所作”，是《鲁颂》颂奚斯，不是奚斯作《鲁颂》。三家虽得其时代，而强指名作者，亦为失之。《诗三百》中，除《陈风》外，恐无后于《鲁颂》者（《商颂》时代不远），《鲁颂》亦最为丰长。《商颂》既为襄公时物，宋襄卒于鲁僖卒前十年，则《鲁颂》《商颂》同代，而《鲁颂》稍后也。《鲁颂》拟《大雅》的痕迹显然，反与《周颂》不相干，此亦可证《大雅》与《周颂》文辞之异，由于时代之不同，《鲁颂》之时代近于《大雅》，故拟其近者；否则《鲁颂》以体裁论，固应拟《周颂》不应偏拟《大雅》。

《商颂》之时代，三家说同；《史记·宋世家》："宋襄公之时，修行仁义，欲为盟主。其大夫正考父美之，故追道契汤高宗殷所以兴，作《商颂》。"《韩诗薛君章句》亦然（《后汉书·曹褒传》注引。）独《毛传》立异说，以为"微子至于戴公，其间礼乐废坏，有正考父者，得《商颂》十二篇于周之太师，以《那》为首。"这一说与《鲁语》合。《鲁语》："闵马父……曰……昔正考父校商之名《颂》十二篇于周太师，以《那》为首。"这话是非常离奇的：第一，汉以前不闻有校书之事；第二，《国语》中无端出这一段《商颂》源流说，我们感觉不类。欲断此文之为伪加，应先辨者三事。

《商颂》是宋诗

宋人自称商，金文中已有成例（见《积古斋钟鼎彝器款识》）。《左传》中此称尤多（详见阎百诗所考）。至于《商颂》之不能为商时物，必为宋时物者，王静安论之甚详，王君说：

> 《殷武》之卒章曰："陟彼景山，松柏丸丸。"毛、郑于景山均无说。《鲁颂》拟此章则

云："徂徕之松，新甫之柏。"则古自以景山为山名，不当如《鄘风·定之方中》传"大山"之说也。按，《左传》商汤有景亳之命，《水经注·济水》篇：黄沟枝流"北径已氏县故城西，又北径景山东"，此山离汤所都之北亳不远，商丘蒙亳以北惟有此山，《商颂》所咏，当即是矣。而商自盘庚至于帝乙，居殷虚，纣居朝歌，皆在河北；则造高宗寝庙，不得远伐河南景山之木；惟宋居商丘，距景山仅百数十里，又周围数百里内别无名山，则伐景山之木以造宗庙，于事为宜，此《商颂》当为宋诗不为商诗之一证也。又自其文辞观之，则《殷虚卜辞》所记祭礼与制度文物，于《商颂》中无一可寻，其所见之人、地名与殷时之称不类，而反与周时之称相类，所用之成语并不与周初类，而与宗周中叶以后相类，此尤不可不察也。卜辞称国都曰商，不曰殷，而《颂》则殷商错出；卜辞称汤曰大乙，不曰汤，而《颂》则曰汤，曰烈祖，曰武王，此称名之异也。其语句中亦多与周诗相袭，如《那》之"猗那"，即《桧风·苌楚》之"阿傩"，《小雅·隰桑》之"阿难"，《石鼓文》之"亚箬"也；《长发》之"昭假迟迟"，即《云汉》之"昭假无赢"，《烝民》之"昭假于下"也；《殷武》之"有截其所"，即《常武》之

“截彼淮浦，王师之所”也。又如《烈祖》之“时靡有争”，与《江汉》句同；“约軝错衡，八鸾鸧鸧”，与《采芑》句同。凡所同者，皆宗周中叶以后之诗，而《烝民》《江汉》《常武》，序皆以为尹吉甫所作，扬雄谓“正考父晞尹吉甫”，或非无据矣。

按王君此说有三证：一、景山在宋；二、《商颂》中称谓与殷卜辞不同；三、《商颂》中词句与宗周中叶以后《诗》之词句同。二和三两证断无可疑，一证则无力。盖《鄘诗·定之方中》亦有“景山与京”之语，此诗乃卫文公成是丘时诗也。恐景山即是大山之义，未必是专名，虽此证未必有着落，然二、三两证已足证《商颂》为宋诗而有余矣。

《商颂》所称下及宋襄公

王君断定《商颂》为宋诗固是精确不移之论，然又以为是宗周中叶之诗，以求合《鲁语》正考父校于周太史之说，则由王君一往不取孔广森、刘逢禄以来辨析古文经作伪之义，故有所蔽，不敢尽从韩义，不免曲为《鲁语》说也。请申韩说。《殷武》初章、二章曰：

挞彼殷武，奋伐荆楚。罙入其阻，裒荆之旅。有截其所，汤孙之绪。

维女荆楚，居国南乡。昔有成汤，自彼氐羌，莫敢不来享，莫敢不来王，曰商是常。

荆蛮称楚，绝不见于《诗三百》，西周诗中称伐荆蛮者数次，皆不称楚，则荆楚之称乃春秋时事，此是一证。西周之世，王室犹强，礼乐征伐，自王朝出，《大雅》《小雅》所叙各种战伐事可以为例，断不容先朝之遗，自整武威；故宋在西周，无伐楚使之来享于宋来王于商之可能，此是二证。《史记·楚世家》：

当周夷王之时，王室微，诸侯或不朝，相伐。熊渠甚得江汉间民和，乃兴兵伐庸、杨粤至于鄂。熊渠曰："我蛮夷也，不与中国之号谥。"乃立其长子康为句亶王，中子红为鄂王，小子执疵为越章王，皆在江上楚蛮之地。及周厉王之时，暴虐，熊渠畏其伐楚，亦去其王。后为熊毋康，毋康早死。熊渠卒，子熊挚红立。挚红卒，其弟弑商代立，曰熊延。熊延生熊勇。……熊勇十年卒，弟熊严为后。……熊严卒，长子伯霜代立……熊霜六年卒……而小弟季徇立，是为熊徇……熊徇卒，子熊咢立。熊咢九年卒，子熊仪立，是为若敖。

若敖二十年，周幽王为犬戎所弑。……二十七年若敖卒，子熊坎立，是为霄敖。霄敖六年卒，子熊眴立，是为蚡冒。蚡冒……二十七年卒。蚡冒弟熊通弑蚡冒子而代立，是为楚武王。……三十五年，楚伐随。随曰："我无罪。"楚曰："我蛮夷也，今诸侯皆为叛，相侵，或相杀，我有敝甲，欲以观中国之政，请王室尊吾号。"随人为之周，请尊楚，王室不听，还报楚。三十七年楚熊通怒曰："吾先鬻熊，文王之师也，早终，成王举我先公，乃以子男田令居楚，蛮夷皆率服，而王不加位，我自尊耳。"乃自立为武王，与随人盟而去。于是始开濮地而有之。五十一年，周召随侯，数以立楚为王。楚怒，以随背己，伐随，武王卒师中，而兵罢。子文王熊赀立，始都郢。文王二年，伐申。……六年伐蔡。……楚强陵江汉间小国，小国皆畏之。十一年，齐桓公始霸，楚亦始大。十二年，伐邓，灭之。十三年，卒，子熊囏立，是为杜敖。杜敖五年，欲杀其弟熊恽，恽奔随，与随袭弑杜敖，代立，是为成王。成王恽元年，初即位，布德施惠，结旧好于诸侯。使人献天子，天子赐胙曰："镇尔南方夷越之乱，无侵中国。"于是楚地千里。十六年，齐桓公以兵侵楚，至陉山，楚成王使将军屈完以兵御之，与桓公盟。桓公数以周之赋不入王室，

> 楚许之乃去。十八年，成王以兵北伐许，许君肉袒谢，乃释之。二十二年，伐黄。二十六年，灭英。三十三年，宋襄公欲为盟会，召楚。楚王怒曰："召我，我将好往，袭辱之。"遂行，至盂，遂执辱宋公，已而归之。三十四年，郑文公南朝楚，楚成王北伐宋，败之泓，射伤宋襄公，襄公遂病创死。……三十九年……晋果败子玉于城濮。

由这一段看去，楚在周夷王时曾强大，后以厉王故，削其王号。大、小《雅》中所记"蠢尔蛮荆""荆蛮来威"等语，皆是指厉王、宣王对荆用兵事。此后荆蛮颇衰，兄弟争乱，幽王之乱，不曾乘势以攻东周。数代之故，经若敖蚡冒"筚路蓝缕以启山林"（见《左传》宣公十二年），至于熊通（武王），然后又北向以窥中国，历翦南国，亡绝江汉旧封。至于晋文之世，息以周姻之侯，申以方伯之遗，竟为楚之戎卒，北战晋宋矣。厉宣时之伐荆，既非宋之得而参与，而楚在武王文王前，亦无与宋接触之可能，则宋之伐荆楚者，必为襄公，历检《左氏春秋》《史记》，断断乎无第二人也。此是三证。总之，西周荆不称楚，西周伐荆乃王室事，周既东迁之后，宋楚接触，至襄公始有之，是《韩诗》以《商颂》为襄公时作，太史公述《鲁诗》亦然，皆不诬也。

或疑《殷武》之词甚泰，曰："挞彼殷武，奋伐荆楚，罙入其阻，裒荆之旅，有截其所，汤孙之绪。”若核以《左传》《史记》所载，宋襄公固未胜楚，霍之盟辱身，泓之战丧师，几乎亡国，晋文救之，然后不亡。若此汤孙为襄公，何至厚颜如此？答之曰：《诗》之语夸，一往皆然，即以《周诗》论，猃狁侵镐，至于泾阳，临渭滨矣（从王静安所考，泾阳为秦之泾阳，非汉之泾阳）；徐淮侵周，迫雒京矣。而《周诗》所记南征北伐，只记反攻之盛，不言入寇之强。且《殷武》固一面之词，《左传》所记亦一面之词。旧来《国语》应是晋三家将为诸侯或已为诸侯时之人所集，以晋楚等传说为资料而成者。今如统计《国语》《左传》时记事，晋最多，楚次之，鲁又次之（《左传》中关涉鲁者甚多，然皆敷衍经文语，当非原有），晋楚间小国如周郑等又次之，宋甚少，齐尤少。且《左传》称晋楚多善言，记鲁国多乱政，从此可知原本《国语》之成分，来自晋楚者多，宋齐事恐皆是附见他国者，楚人记宋襄公必另是一面之词也。今试看《春秋》所记，葵丘之会，襄公与焉；咸之会，牡丘之会，淮之会，皆与焉。齐桓甫死，襄公即以曹卫邾莒之师伐齐，胜鲁而定齐难，于是乎继齐桓之霸。次年（僖十九年）执胜子婴齐，与曹人邾人盟于曹南。逾二年（僖二十一年）宋人齐人楚人盟于鹿上。大国之盟，宋人为先，俨然盟主也。其年秋，“宋公、楚子、陈侯、蔡侯、郑伯、许男、曹伯会于盂”，襄公然后为楚所欺，乘车之会，楚人伏兵执襄公。次年，“宋公、卫侯、许男、滕子伐郑”，其年冬十一月，然后败于泓。由是而论，襄公固曾主霸，只是断烂朝报之《春秋》，所记不详耳。襄公曾致楚人来，盟之而为主霸，泓之战前，未必对楚无小胜也。且若和襄公前后两世看之，宋在当时关系实大。僖四年，“公会齐侯、宋公、陈侯、卫侯、郑伯、许男、曹伯侵蔡，蔡溃。遂伐楚，次于陉。……楚屈完来盟于师，盟于召陵”。僖六年夏，“公会齐侯、宋公、陈侯、卫侯、曹伯伐郑，围新城。秋，楚人围许，诸侯遂救许”。七年，“公会齐侯、宋公、陈世子款、郑世子华，盟于宁母”。八年“公会王人、齐侯、宋公、卫侯、许男、曹伯、陈世子款，盟于洮，郑伯乞盟”。是齐桓敌楚诸役，襄公之父桓公皆与焉。（当时郑已臣服于楚，故齐恒诸会，子华听命，郑伯不来。其后宋襄公时伐郑，亦以楚故。楚胜宋，郑文夫人芈氏姜氏劳楚子，取郑二姬而归。）襄公卒后，楚势大张，伐陈灭夔，数次伐宋，几至入其国，诸侯以宋故盟于宋。至僖公二十八年，晋文败楚于城濮，然后中国不为楚灭。是则晋文定功，亦缘宋之故也。齐桓晋文之间，宋襄虽小霸而不卒，然齐桓晋文御南蛮之事业，宋公三世（桓襄成）皆参与之。则“奋伐荆楚”之语，括召陵之盟以言可也。若《殷武》作于襄公卒后，括城濮之役以言亦可也。《殷武》固只言战荆而胜之，未言荆楚来享。总之，《楚语》以楚为本，一种说法，《殷武》以宋为本，又是一种说法。其详则“书阙有间”，不可考矣。

就《殷武》看，宋之民族思想在春秋中世又大发达，所谓“自彼氐羌，莫敢不来享，莫敢不来王”者，乃指周之先世臣服于商。姜为周所自出，《大雅》“厥初生民，实为姜嫄”，《鲁颂》“赫赫姜嫄，其德不回”。至于氐，疑即狄之异文。

《商颂》非考父作

正考父相传为孔父嘉之父，孔父嘉与殇公同为华父督所杀（桓王十年，西历前710年），下逮襄公之立（襄王二年，西历前650年），已六十年，时代不相接。故《史记》《韩诗》以《商颂》为襄公时者则是，以为即是正考父作者则非。战国末汉初人好为诗寻作者，故以《周颂》一部分为周文公作（已见《国语》），《鲁颂》为奚斯作，《商颂》为正考父作，无非于其国中时代差近之闻人，择一以当之。此是说诗者之附会，不暇详考年代者也。

宋襄公之为如何人物，《春秋》家与《国语》《左传》所记绝异。泓之战，《公羊传》以为“虽文王之师不为过”。凡记襄公事，无不称之，襄公受窘，无不讳之。《公羊传》于齐桓称之甚矣，亦未至如此。故宋襄公者，公羊家之第一偶像。《论语》《孟子》无谈及襄公者。然以孔子之称管仲齐桓，孟子之论《春秋》，“其事则齐桓晋文”，又曰“戎狄是膺”，诸义衡之，宋襄自是历来儒家所传之贤圣，为中国文化奋斗者也。儒与宋颇有关系，《国语》则出自晋，不与宋相涉，又非儒家之义，故其记襄公与《诗经》《春秋》有异。刘子骏刺取《国语》材料以为《左氏春秋传》，凡公羊之义彼可得而反者，无不设法尽力反之。公羊义之甚重者，如新周、故宋、王鲁，《左传》则全无以鲁为王之义，而改公羊春王正月之王谓文王一义曰“王周正月”，更以周为绝对者，非溯统而述文王。至其抑宋，更不待说矣。

故《商颂》为宋襄公之颂，儒者所传故说，与事实相合者也。引申而有正考父作之论，传《诗》者之小附会也。改正考父之作为校，而曰是商代之诗，刘子骏作伪时所取义，以抑宋之地位，以与三家《诗》立异，以与《春秋》家立异，于《鲁语》中羼入一种不伦不类之言，以证其说者也。刘子骏盖以自己校书之事加之古人，而忘时代之异，《商颂》说之三段迁移如此。

综观《鲁颂》《商颂》，齐桓管仲事业之盛可见，宋襄鲁僖皆叨桓公之光者耳。齐桓之霸，北伐山戎，以救邢封卫，南伐楚，陈诸侯之兵于召陵，楚既受责，略东夷淮徐以归。方厉宣之世，玁狁临渭，徐淮犯雒，南北交侵中国，宣王能自保未能大定也，故幽王遂亡于犬戎。周既东之后，楚又张大，申息随邓江汉诸姬，无不翦灭，进迫河洛之间。齐桓遂于北方功定之后，率诸侯之师以威之，虽未能战而胜楚，楚不敢不受盟也。鲁僖实躬与桓公历年之盟会，伐楚之役，与师往焉，东略而归，遵徐淮而反。疑《鲁颂》中所言淮夷来同，徐方来同者，未必非由召陵班师之役，桓公助之开始经营。桓公晚年，徐从诸夏，楚伐之，诸夏救之。桓公一死而宋鲁哄，宋纳齐孝公，鲁亦纳公子无亏，宋败鲁。从此宋东联东夷，主诸夏之盟，以斗楚，鲁则折而为楚（僖十九年，鲁与楚盟。鲁之折而为楚者，疑由子志切略地徐方，故远交楚而近攻徐。徐在桓公末年，已折为中夏，楚伐之，同时楚人入舒，舒亦淮上国也。楚鲁夹攻徐，则鲁之拓地徐方自易。鲁僖为自已之利，忘诸夏之义矣）。宋襄之主盟不成者，恐亦由于恢夏殷商之观念甚炽，姬姓诸国所极不愿，然毅然抗楚之北上，为齐桓之所不敢为，继齐桓之志，开晋文之业，诚春秋前半之最大事件。若鲁僖则始追齐桓之后，继背诸夏而为楚，终乃于泓之战后受楚之献宋俘。乃曰“戎狄是膺，荆舒是惩”，亦颜之厚矣。若《商颂》之语，虽为辞近诗，就感情论，及诚真无隐。宋人质直，故谈愚人每曰宋人（《庄子》宋人资章甫而适诸越，《孟子》宋人有悯其苗之不长而揠之等），而太史公评鲁公：“揖让之礼则从矣，而行事何其戾也！”礼云礼云，乐云乐云，鲁道之交，如是而已。

《国风》

“国风”一词起来甚后

“雅”“颂”均是春秋时已经用了的名词，而“风”之一词出来甚后。《论语》上只有“南”“郑”等称，无“国风”一个统称。《诗经》自己文句中有“以雅以南”，也不提及风字，其提及风字者，乃反不在“风”中，如“吉甫作诵，其风肆好”在《大雅》。《左传》襄二十九年，载吴季札观乐语，亦不及风字，直曰周南、召南、邶、鄘、卫等等而已。汉儒董仲舒又以《大雅》文王受命为“乐之风也”。汉儒制作的《礼记》各篇中，才有国风这个名词。现在《国风》各部分都是当时列国的通信歌乐，统言曰诗（与雅颂同），析言则曰周南、召南，曰邶、鄘、卫，曰王，曰郑等，必曰风，风乃该雅。山川有异，建国各殊，风土不同，感觉不一，春秋时有人集合之，大体上如我们今日所见，但当时歌诗绝不止此，恐和汉魏乐府、唐五季北宋词一样，流传世间者万千中之十一耳。始也风可该雅，继则以风对雅，言风雅犹今言雅俗，后来风雅成一名词，如杜子美诗“别裁伪体亲风雅”，风雅即等于雅，犹之乎吉凶皆是德矣。

四方之音

既如上所述，则论《国风》必以其为四方不齐之音，然后可以感觉其间之差别。《吕氏春秋·音初》篇为四方之音各造一段半神话的来源，这样神话全无一点历史价值，然其分别四方之音，可据之以见战国时犹感觉各方声音异派。且此地所论四方恰和《国风》有若干符合，请分别述之。

甲、南音

> 禹行功，见涂山氏之女，禹未之遇，而巡省南土。涂山氏之女乃令其妾候禹于涂川之阳，女乃作歌。歌曰：“候人兮猗。”实始作为南音。周公及召公取风焉，以为《周南》《召南》。

以“候人兮”起兴之诗，今不见于二《南》。然吕不韦时人尚知二《南》为南方之音，与北风对待，所以有这样的南音原始说。二《南》之为南音，许是由南国俗乐所出（周殖民于南国者，用了当地的俗乐），也许战国时南方各音由二《南》一流之声乐出，《吕览》乃由当时情事推得反转了，但这话是无法考核的。

乙、北音

> 有娀氏有二佚女，为之九成之台，饮食必以鼓。帝令燕往视之，鸣若谥谥，二女爱而争搏之，覆以玉筐；少选，发而视之，燕遗二卵，北飞，遂不返。二女作歌，一终曰："燕燕往飞。"实始作为北音。

以"燕燕于飞"（即燕燕往飞）起兴之诗，今犹在《邶》《鄘》《卫》中（凡以一调与起为新词者，新词与旧调，应同在一声范域之中，否则势不可歌。起兴为诗，实即填词之初步，诗填词法严，起兴自由耳），是《诗》之《邶》《鄘》《卫》为北音。又《说苑·修文》篇，"纣为北鄙之声，其亡也忽焉"，《卫》正是故殷朝歌。至于邶、鄘所在，王静安君论之最确，抄录如下：

> 郑氏《诗谱》曰，邶鄘卫者，商纣畿内方千里之地，自纣城而北谓之邶，南谓之鄘，东谓之卫。以邶为近畿之地。《续汉书·郡国志》，径于河内郡朝歌下曰，北有邶国，则以邶为在朝歌境内矣。彝器中多北伯北子器，不知出于何所。光绪庚寅，直隶涞水县张伯洼又出北伯器数种，余所见拓本，

有鼎一，卣一，鼎文云“北伯作鼎”；卣文云，“北伯𢦏作宾尊彝”。北即古之邶也。此北伯诸器与易州所出祖父兄三戈，足征涞易之间，尚为商邦畿之地，而其制度文物全与商同。观于周初箕子朝鲜之封，成王肃慎之令，知商之声灵固远及东北，则邶之为国自当远在殷北，不能于朝歌左右求之矣。邶既远在殷北，则鄘亦不当求诸殷之境内，余谓鄘与奄声相近，《书·雒诰》“无若火始焰焰”，《汉书·梅福传》引作“毋若火始庸庸”；《左》文十八年传“阎职”，《史记·齐太公世家》《说苑·复思》篇并作“庸职”，奄之为鄘，犹阎之为庸矣。奄地在鲁，左襄二十五年传，“齐鲁之间有弇中”。汉初古文《礼经》出于鲁淹中，皆其证。邶、鄘去殷虽稍远，然皆殷之故地。《大荒东经》言“王亥托于有易”，而泰山之下亦有相土之东都，自殷未有天下时已入封域，又《尚书疏衍》及《史记集解索隐》皆引汲冢古文“盘庚自奄迁于殷”，则奄又尝为殷都，故其后皆为大国。武庚之叛，奄助之尤力，及成王克殷践奄，乃封康叔于卫，周公子伯禽于鲁，召公子于燕，而太师采诗之目尚仍其故名，谓之邶、鄘，然皆有目无诗。季札观鲁乐，为之歌邶、鄘、卫，时尚未分为三；后人以卫诗独多，遂分隶之于邶、鄘，因于殷之左右求邶、鄘二国，斯失之矣。

丙、西音

周昭王亲将征荆，辛余靡长且多力，为王右。还反涉汉，梁败，王及蔡公抎汉中。辛余靡振王北济，又反振蔡公。周公乃候之于西河，实为长公（周公旦如何可及昭王时，此后人半神话）。殷整甲徙宅西河，犹思故处，实始作为西音，长公继是音以处西山，秦缪公取风焉，实始作为秦音。

然则《秦风》即是西音，不知李斯所谓“击瓮叩缶，弹筝搏髀”者，即《秦风》之乐否。《唐风》在文辞上看来和《秦风》近，和《郑》《王》《陈》《卫》迥异，不知也在西音之内否。

丁、东音

夏后氏孔甲田于东阳萯蒐山，天大风，晦盲，孔甲迷惑，入于民室。主人方乳，或曰：“后来，是良日也，之子是必大吉。”或曰：“不胜也，之子是必有殃。”乃取其子以归，曰：“以为余子，谁敢殃之？”子长成人，幕动坼橑斧斫斩其足，遂为守门者。孔甲曰：“呜呼，有疾，命矣夫！”乃作为《破斧》之歌，实始为东音。

今以《破斧》起兴论周公之诗，在豳，恐《豳风》为周公向东殖民以后，鲁人用周旧词，采奄方土乐之诗（已在《周颂》中论之）。

从上文看，那些神话固不可靠，然可见邶、南、豳、秦方土不同，音声亦异，战国人遂以之为异源。

戊、郑声

《论语》言放郑声，可见当时郑声流行的势力。李斯《上秦王书》：“郑卫桑间……异国之乐也，今弃击缶而就郑卫。”不知郑是由卫出否？秦始皇时郑声势力尚如此大，刘季称帝，“风变于楚”，上好下甚，想郑声由此而微。至于哀帝之放郑声，恐怕已经不是战国的郑声了。

己、齐声

齐人好宗教（看《汉书·郊祀志》），作侈言（看《史记》孟子、驺子列传），能论政（看管晏诸书），“泱泱乎大国”，且齐以多乐名。然《诗·风》所存齐诗不多，若干情诗以外，即是论桓姜事者，恐此不足代表齐诗。

“诸夏”和《国风》

“诸夏”一个名词是古史上一个重要的问题，我们且试求诸夏是些什么，在哪一带地域。《诗·周颂》：“明昭有周，式序在位。载戢干戈，载櫜弓矢。我求懿德，肆于时夏，允王保之！”

又："思文后稷，克配彼天！立我烝民，莫匪尔极。无此疆尔界，陈常于时夏。"

《论语》："夷狄之有君，不如诸夏之亡也。"

《左传》："任宿句，风姓也，实司太皞与有济之祀，以服事诸夏。"

《荀子》："君子居楚而楚，居夏而夏。"

历来相传夏商周为三代，商周两世的历史，我们晓得的还多，夏世则太少了。不知太史公据世本以成的《夏本纪》在世次上有多少根据，但"启"之一词，已经等于始祖，其上乃更有禹与尧舜之传说生关系者，大约总是后来人所加。启之母为涂山氏女，或即和周之姜嫄、殷之有娀为同类之传说，而启之开夏或即由于灭甘乃大（《甘誓》已言五行，出必甚后，当在战国末矣）。夏之世系大约已不完全，相传夏故域在汾水流域，而其后代之祀在蘧丘，当黄河之南，去殷商不远。又在陈者有夏氏，疑夏在盛时之疆域，北包晋唐，东至山东境，南及于江汉，此区域中文明古国至多，到春秋时这些痕迹犹在。国为南汤践灭，而文物犹在，故这一带地方的列国叫作诸夏。商虽灭夏，然以取夏文化之故，或者也以诸夏自居，犹之乎满洲人入了山海关，便也自称中国，称人蛮夷了。周人入了中国，把中国"周化"得很厉害，封建制度即是扩大周化的，而周行周道周宗周京一齐周起来，而文化的中国之名仍泛用夏。《周颂》中那几篇无韵的文辞甚古，说到夏者两处，在有韵的《周颂》及大、小《雅》中夏之称不见了，《周颂》中说到夏的几句话，大意是谓武成功立，藏起干戈弓矢来，与诸夏相安，这很像克服了中国与人休息的话。这样看来，诸夏在西周之初是很常用的名词。直到战国末年，还以楚对夏，大约由于楚向北发展，诸夏又受了一回震动，诸夏之一部分遗留，即为周之南国者，为楚所并，而楚风变夏。然楚夏对当之称犹在民间。夏一个字在商周千多年中的命运，仿佛像汉一个字在魏晋以后至于现在的命运一样。

那么晋之南，汉之北，一切小国，在势力上几乎都是四邻大邦的附庸，在文化上却有很长的遗留，或者郑魏陈桧以至于曹，以至于唐，一切不同的列国之风，就音乐论也许保留了些诸夏之旧。发扬蹈厉每是新国之容，濮上桑间，玉树后庭，乃歌胜国之文华也。

起兴

六诗之说始于《周官》。《毛诗序》说："诗有六义焉，一曰风，二曰赋，三曰比，四曰兴、五曰雅，六曰颂。"自秦始皇数用六以后，汉儒凡事都以六为纪，不可以五，不可以七，六艺六书皆不恰恰是六。六在汉代犹之七在佛经上，成了一种"圣数"啦！所以六诗一说，本不必拘泥求之。大约说六诗者有两类：一、以六诗皆是诗体之称，如《郑志》；二、以风雅颂为体，赋比兴为用，如《朱传》。

近人章炳麟先生谓赋比兴为诗体，为孔子所删。赋比兴之本为诗体，其说不可易，至读《诗三百》中无赋比兴者，乃孔子所删，则不解删诗之说，本后起之论，宋儒辨之已详也。章君又谓赋即屈荀之所作体，其言差信，谓比即辩亦通，独谓兴为挽歌，乃甚不妥（章说见《检论》二）。强引《周官》以论兴，说得使人心上不能释然。寻绎《毛传》独标兴体，必有缘故。前见顾颉刚先生一文论此，谓兴体即后人所谓起兴，汉乐府以至于现行歌谣犹多如此。据原有歌中首句或首两句，下文乃是自己的，故毛公所据兴体，每每上两句与后来若相干若不相干。此论至不可易。起兴之用，有时若是标调，所起同者，若有多少关系。例如《邶》之“习习谷风”和《小雅》之“习习谷风”，长短有别，皆是弃妇词。“关关雎鸠”和“雝雝鸣雁”相类，皆是结婚词。“燕燕于飞，泄泄其羽”和“雄雉于飞，泄泄其羽”相等，皆是伤别词。即《吕氏春秋》所记“燕燕往飞”也是感别，《破斧》之音也是人事艰屯。那么起兴同而辞异者，或者是一调之变化吗？

《国风》分叙

《周南》《召南》

《周南》《召南》都是南国的诗，并没有岐周的诗。南国者，自河而南，至于江汉之域，在西周下一半文化非常的高，周室在那里建设了好多国。在周邦之内者曰周南，在周畿外之诸侯统于方伯者曰召南。南国称召，以召伯虎之故。召伯虎是厉王时方伯，共和行政时之大臣，庇护宣王而立之之人，曾有一番轰轰烈烈的功业，“日辟国百里”。这一带地方虽是周室殖民地，但以地方富庶之故，又当西周声教最盛之时，竟成了文化中心点，宗周的诸侯每在南国受封邑。其地的人文很优美，直到后来为荆蛮残灭之后，还保存些有学有文的风气。孔子说“南人有言……”又在陈蔡楚一带遇到些有思想而悲观的人。《中庸》上亦记载“宽柔以教不报无道，南方之强也，而君子居之”。这些南国负荷宗周时代文化之最高点，本来那时候崤函以西的周疆是不及崤函以东大的（宣王时周室还很盛，然渭北已是猃狁出没地，而渭南的人，在今盩厔县，逼近镐京，已称王了。不知在汉中有没有疆土，在巴蜀当然是没有的。若关东则北有河东，南涉江汉，南北达二千里）。我们尤感觉南国在西周晚年最繁盛，南国的一部本是诸夏之域，新民族（周）到了旧文化区域（诸夏）之膏沃千里中（河南、江北、淮西、汉东）更缘边启些新土宇（如大、小《雅》所记拓土南服），自然发生一种卓异的文化，所以其地士大夫家庭生活，“鼓钟钦钦，鼓瑟鼓琴，笙磬同音。以雅以南，以籥不僭”。《周南》《召南》是这一带的诗，《大雅》《小雅》也是这一带的诗，至少也是由这一带传出，其上层之诗为《雅》，其下层之诗号《南》。南国盛于西周之末，故《雅》《南》之诗多数属于夷厉宣幽，南国为荆楚剪灭于鲁桓庄之世，故《雅》《南》之诗不少一部分属于东周之始。已是周室丧乱后哀以思之音。

二《南》有和其他《国风》绝然不同的一点，二《南》文采不艳，而颇涉礼乐：男女情诗多有节制（《野有死麕》一篇除外），所谓“发乎情止乎礼义”者，只在二《南》里适用，其他《国风》全与礼乐无涉（《定之方中》除外），只是些感情的动荡，一往无节。

《周南》《召南》是一题，不应分为两事，犹之乎

《邶》《鄘》《卫》之不可分，《左传》襄二十九，吴季札观乐于鲁，“为之歌《周南》《召南》”，固是不分的。

现在把《周南》《召南》中各篇的意思，凭一时猜想，写在下面。限于时间和篇幅，考证不详，又不能申长叙论，所以只举大义。以下《国风》皆放此。其中必有不少错误，诸君应详细覆案，若有所疑，便即讨论。

《关雎》 叙述由“单相思”至结婚，所以是结婚时用的乐章。

《葛覃》 这是女子之辞，首章叙景物，次章叙女工，卒章言归宁。

《卷耳》 女子思其丈夫行役在外之辞。但首章是女子口气，下三章乃若行役在外者之辞，恐有错乱。

《樛木》 祝福之辞，《小雅》中这一类甚多。

《螽斯》 祝福之辞，祝其子孙。

《桃夭》 送女子出嫁之辞。

《兔罝》 称美武士之辞。

《芣苢》 女子成群，采芣苢于田野，随采随歌之调。

《汉广》 此诗颇费解，既曰“汉有游女，不可求思”，又曰“之子于归，言秣其马”，像是矛盾。欧阳永叔以为“言秣其马者”，所谓“虽为之执鞭所欣慕焉”之意，这话有趣，然亦未必切合。这样民歌每每没有整齐的逻辑，遂心所适而言，所以不可固以求其意。此诗初章言不可求，次章卒章言已及会晤，送之而归，江汉茫茫，依旧不可得。

《汝坟》 妇思其夫行役在外，未见时，“惄如调饥”；“既归”则曰“不我遐弃”。卒章叹息时艰，曰“王室如毁”，则已是幽王丧乱后诗。

《麟趾》 称颂之辞，以麟为喻，颂公姓盛美。

《鹊巢》 送嫁之辞，与《桃夭》同。

《采蘩》 女子之辞。首章次章言自己采蘩，末章言其丈夫早出迟归，以从公室之事。

《草虫》 女子思其丈夫行役在外，未见则忧，既归则悦，与《汝坟》同。

《采蘋》 女子采蘋之辞，与《采蘩》同。

《甘棠》 周衰楚盛，召伯虎之功不得保持，国人思之。

《行露》 此诗难解，聚讼已多。疑是一女子矢志不嫁一男子之辞。

《羔羊》 形容仕于公者盛服返家。

《殷其雷》 丈夫行役在外，其妻思之旋归。

《摽有梅》 此是女子求男子之辞，乃是一篇《关雎》别面。初章曰及吉而嫁，次章曰及今而嫁，卒章曰语之即嫁。

《小星》 仕宦者夙夜在公，感其劳苦而歌。

《江有汜》 女子为人所弃而歌。首章言虽弃我而后必悔，次章言虽弃我亦即安之，卒章言虽弃我我自乐，《郑风》所谓“子不我思，岂无他人”也。

《野有死麕》 男女相悦，卒章虽《郑风》不是过。

《何彼秾矣》 歌王姬下嫁之盛，既曰平王之孙，则明是东迁后多年之诗。

《驺虞》 此是猎歌。

邶、鄘、卫

邶、鄘、卫乃一体，不可分，误为人分为三。《左传》襄二十九年，吴季札闻乐于鲁，尚不分。《邶》《鄘》《卫》篇章皆是卫诗，而蒙以邶、鄘故名者，明音之所自；此是北风，以对南音（详上章）。

《柏舟》 女子不见爱于其夫，困于群妾，作此劳歌。

《绿衣》 此亦悲歌，但所悲何事未明。此是兴体，朱子误以为比。女子制衣，且制且欢。

《燕燕》 相传为庄姜送戴妫归之词。然陈女妫姓，并非任姓，“仲氏任只”，犹《大雅》“挚仲氏任”，虽非一人而同名。若大任之名，后来为人借用以呼一切贤善女子，则此诗可为涉庄姜戴妫者，否则名姓不同，必另是一事。此为送别之悲歌则无疑。

《日月》 妇见弃于夫之哀歌。

《终风》 妇不见爱于其夫，其夫“谑浪笑敖”以待之，伤而歌此。

以上四诗，《毛诗》以为庄姜传，《鲁诗》遗说可考者，则以《柏舟》为寡姜诗，《燕燕》为定姜诗（《韩诗》同），《日月》为宣姜诗，其实皆无证，但为妇人见弃之词耳。

《击鼓》 丈夫行役于外念及室家，思其旧盟，而为哀歌。“平陈与宋”，或云是州吁联合宋、陈、蔡以伐郑纳太叔段事（此事记载《史记》《左传》各不同），不可详考。

《凯风》 孝子之辞，自怨自艾，谓母氏圣善，而已无令德。《毛诗序》以为其母有七子而不安其室，恐怕说得太多了。

《雄雉》 妇思其夫行役在外，悲其不能来，德音慰之。

《匏有苦叶》 义未详，四章不接，恐已错乱。

《谷风》 妇人为夫所弃，为此悲痛之歌。

《式微》 《列女传》（刘向传《鲁诗》）以为是蔡庄夫人与其傅之辟。《毛诗序》以为蔡侯失国久寓于卫，其臣劝之归。毛说较通，然未必有据。

《旄丘》 行役在外之人辗转无定，怨其叔伯不致之归。

《简兮》 形容万舞之士而美之。

《泉水》 卫女出嫁诸侯，思归宁而不可屡归。初章言思归，次章三章言归宁之行，末章是后来又思归宁也。

《北门》 士不得志，穷而且劳。

《北风》 男女相爱，同行同归。

《静女》 此亦同上，为男女相爱之辞。

《新台》 本事已亡，诗义不详。《毛诗序》以为刺宣公诗，甚觉不切。此篇与下篇之毛义，朱子皆疑之。

《二子乘舟》 鲁说以为伋、寿二子傅母作，毛以为国人伤伋、寿之死而作，然诗中无可证此义者。

《柏舟》 母氏欲其嫁一人，而自愿别嫁一人，以死矢之。

《墙有茨》 言卫宫淫乱。

《君子偕老》 美君夫人之辞，全无刺义。“不淑”即“不吊”，王引之吴大澂已证之。

《桑中》 男女相爱之诗。

《鹑之奔奔》 刺其上之词。

《定之方中》 《左传》《史记》皆载卫懿公灭于狄事。懿公战死，“宋桓公逆诸河……卫之遗民男女七百有三十人，益之以共滕之民为五千人，立戴公以庐于漕。齐侯使公子无亏率车二百乘，甲士三千人，以戍漕”。“戴公元年卒，齐桓公以卫数乱，乃率诸侯伐狄，为卫筑楚丘，立戴公弟毁为卫君，是为文公。”“文大布之衣，大帛之冠，务材，训农，通商，惠工，敬教，劝学，受方，任能，元年革车三十乘，季年乃三百乘。”此诗中言“作于楚宫”“作于楚室”“以望楚矣”，其为卫文公营楚丘诗甚明。末云“牝三千”，生息已繁矣。

《蝃蝀》 义不详。初二章言行远父母，卒章言无信不知命，当有错乱。

《相鼠》 刺无礼。

《干旄》 此诗本事已亡，义不能详。

《载驰》 此许穆夫人诗。《列女传》三：“许穆夫人者，卫懿公之女，许穆公之夫人也。初，许求之，齐亦求之，懿公将与许。女因其傅母而言曰：‘古者诸侯之有女子也，所以苞苴玩弄，系援于大国也。今者许小而远，齐大而近，若今之世，强者为雄，如使边境有寇我之事，维有四方之故，赴告大国，妾在不犹愈乎？今舍近而就远，离大而附小，一旦有车驰之难，孰可与立社稷？’卫侯不听，而嫁之于许。其后翟人攻卫，大破之，而许不能救卫侯，遂奔走涉河而南，至楚丘。齐侯往而存之，遂城楚且以居卫侯，于是悔不用其言。当败之时，许人驰驱而吊唁卫侯，因疾之而作诗云……君子善其慈惠而远识也。”按此段所记与《左传》《史记》皆不合，许穆夫人为懿公之妹，非其女。且懿公被杀，国亡，齐先立戴公，以城于漕，次立文公，以城楚丘。《列女传》当是本之《鲁诗》说，未采《左传》《史记》。《毛诗序》：“《载驰》，许穆夫人作也。闵其宗国颠覆，自伤不能救也。卫懿公为狄人所灭，国人分散，露于漕邑，许穆夫人闵卫之亡，伤许之小，力不能救，思归唁其兄，又义不得，故赋是诗也。”按此说本之《鲁诗》而稍改善，犹有不妥处，即谓许穆夫人思归而不得；诗文中则许穆夫人固已“言至于漕”矣。

解此诗最善者，无过朱子。从朱子之解，诗中文义可通。盖许穆夫人已至于漕，而许大夫追之使返，愤而为此诗。朱说易见，且文繁，故不录。

《淇澳》 自《鲁诗》以来，相传以为美卫武公之作。诗本文无证，要之为美“君子”之时则然也。

《考槃》 隐居不仕者之诗。

《硕人》 自《鲁诗》以来，相传以为为庄姜作。以诗本文论，此说是也。此诗鲁以为刺，毛以为悯，其实不含刺悯，但形容庄姜容貌意态之美耳。盖庄姜初由齐至卫，卫人惊其美而有仪，乃作此歌。故先叙其家世，末叙其媵从也。此与《召南》之《何彼秾矣》，《大雅》之《韩奕》，皆歌初嫁之诗。《左传》“美而无子，卫人所为赋《硕人》也”，此乃发明《毛传》所谓悯者，诗文全不涉及“无子”。《左传》中论诗义者多刘歆诸人羼入，成其古文学之系统，前人论之详矣。

《氓》 妇人为夫所弃之劳歌，与《谷风》同。

《竹竿》 诸侯女嫁于卫，思归宁而不得之辞（非卫女嫁于侯者之辞）。

《芄兰》 所谓不详。

《河广》 《毛序》以为宋桓夫人作。“宋桓夫人，卫文公之妹，生襄公而出。襄公即位，夫人思宋，义不可往，故作是诗以自止。”不知此说是否，其为思宋之诗则无疑。

《伯兮》 丈夫行役在外，其妻思之。

《有狐》 丈夫行役在外，其妻虑其无衣无裳。

《木瓜》 男女相好之辞。

王

《王风》是周朝东迁以后在王城一带的民间诗。《王风》与二《南》不同者，二《南》虽涉东周之初，犹是西周之遗风，所以并不是乱世之音；《王风》则在东迁之后，疆土日蹙，民生日困，所以全是些乱离的话。

《黍离》 行迈之人悲愤作歌。《毛序》谓："周大夫行役至于宗周，过故宗庙宫室，尽为禾黍，闵周室之颠覆，彷徨不忍去，而作是诗。"然诗中云："知我者谓我心忧，不知我者谓我何求。悠悠苍天，此何人哉！"与此情景颇不切合。

《君子于役》 丈夫行役于外，其妻思之。

《君子阳阳》 室家和乐之诗。

《扬之水》 戍人思归之诗。东迁之后，既亡西疆，而南国又迫于楚。周室当散亡之后，尚须为南国戍。申甫、许皆受迫害，而周更大困矣。此桓庄时诗，桓庄以前，申甫未被迫，桓庄以后，申甫已灭于楚。

《中谷有蓷》 女子嫁人不淑之悲诗。

《兔爰》 遭时艰难，感觉到生不如死。此《诗三百》中最悲愤之歌。

《葛藟》 政衰世乱，人民流散，求寄生于人家，而人不收。

《采葛》 男女相思之歌。

《大车》 男女相爱，不敢同奔，矢以同死。

《丘中有麻》 男女约期之词。

郑

《缁衣》 义不详，《毛序》以为美武公，不知何据。

《将仲子》 一女爱一男子，而畏父母宗族，辞以绝之。

《叔于田》 郑人爱大叔段，而称美之。

《大叔于田》 同上。

《清人》 此诗之本事，毛氏《左传》相表里为一辞。《毛序》："清人，刺文公也。高克好利而不顾其君，文公恶而欲远之，不能，使高克将兵而御狄于竟。陈其师旅，翱翔河上，久而不召，众散而归。高克奔陈。公子素恶高克进之不以礼，文公退之不以道，危国亡师之本，故作是诗也。"《春秋·闵元》"郑弃其师"。《左传》："郑人恶高克，使率师次于河上，久而弗召，师溃而归，高克奔陈。郑人为之赋《清人》。"此为《左传》之最不似《国语》处，亦即最显然敷衍经文处。此古文学之系统的印证，最不足信者，此诗本事竟不可考。

《羔裘》 美君子。而此君子为何人，则本事已亡。

《遵大路》 男女相爱者中道乖违，于路旁作别，仍愿留之。

《女曰鸡鸣》 此亦相悦者之辞。

《有女同车》 美其所爱之女子之辞。

《山有扶苏》 相爱者之戏语。

《萚兮》 此诗无义，只是说你唱我和，当是一种极寻常的歌词，如《周南》之《芣苢》。

《狡童》 一女子为其所爱者所弃，至于不能餐息。

《褰裳》 女子戏语其所爱者之辞。

《丰》 一女子悔未偕迎之者俱去，而言欲与之归。

《东门之墠》 上章言室迩人远，下章言思之而不来。盖爱而不晤者之辞。

《风雨》 相爱者晤于风雨鸡鸣中。

《子衿》 爱而不晤，责其所爱者何以不来也。

《扬之水》 相爱者闻人言而疑，其一慰其他曰："终鲜兄弟，维予与女。无信人之言，人实迂女。"

《出其东门》 一人自言其所爱之专一。

《野有蔓草》 男女相遇而相爱，自言适愿。

《溱洧》 相爱者偕游之辞。

《论语》有"郑声淫""放郑声"之说，直到李斯时，"郑卫桑间"，尚成乐中一势力。今就《三百篇》中《郑诗》看，二十一篇中，十五篇言涉男女情爱事，《萚兮》一篇，或亦为此用。是《郑诗》多言男女，诗中固为显证，不必以"郑声淫"但指声言不指诗言也。此亦足证孔子固未删《诗》，《诗》若由孔子删者，必无此样《郑风》。

齐

《鸡鸣》 妃戒其君以应早朝。

《还》 一女子自言逢一男子，其人爱而揖之。

《著》 男子期女子于其家，而见其盛装也。

《东方之日》 此应为女子之言，朱子误以为男子之言。“彼姝者子”，固可为称男者。此诗之义自显。（如“孑孑干旄”之“彼姝者子”，非指女人。）

《东方未明》 从仕于公者，感于辰夜劳苦，其君兴居不时，与《南》中之《小星》同。

《南山》 毛义以为言齐襄公鲁文姜事，与诗本文甚合。

《甫田》 大夫行役在外，其妻思之。

《卢令》 称美猎者。

《敝笱》 形容齐女出嫁。毛义以为指鲁桓夫人文姜（同《南山》），未知有据否。

《载驱》 叙述齐女嫁于鲁事，并无刺语。鲁娶于齐事不一，未必指文姜也。

《猗嗟》 称美齐之甥形容修好，舞射俱臧。鲁庄公固为齐甥，然不知此诗是否指之。

如《南山》《敝笱》《载驱》《猗嗟》为一时之诗，则应是尽叙文姜、鲁庄者。

按，齐有泱泱大国风之誉，《诗三百》中殊不足以见此。疑《诗三百》之集合受齐影响少，齐诗多不入内，入内者固不足代表齐也。

魏

《魏诗》是否即《晋诗》之一部，未能决。但唐魏之关系绝不与邶、鄘、卫同。邶、鄘、卫者实是一事，皆是《卫诗》，而实以北庸以记音之系统。此为北声，用对南音也。至于魏，或为魏亡前之诗，如此则为《魏诗》；或为魏亡后诗，如此则为《晋诗》。要之出于魏故地。今以唐魏相校，诗意多不同风，《魏诗》悲悯，《唐诗》言及时行乐，容非一体。

《纠纠》 女子为其丈夫制履制服，而其丈夫性褊急，歌以刺之。

《汾沮洳》 疑是言一寻常百姓之子，美如玉英，贵族不及。

《园有桃》 心有忧者，“居则忽忽若有所亡，行则不知其所往”。愤人之不知，而弃捐不道。

《陟岵》 行役在外者，思其父母兄在家思之归。

《十亩之间》 男女相悦，而言同归。

《伐檀》 民刺其上不猎不稼，有貆有禾。

《硕鼠》 民苦于重征厚敛，以硕鼠比其上，而云将适异国。

唐

《蟋蟀》 言人应及时行乐，否则时日不我与。末又诵云：“好乐无荒，良士瞿瞿。”

《山有枢》 此亦言及时行乐，而多含悲痛之意。

《扬之水》《毛序》云：“刺晋昭公也。昭公分国以封沃，沃盛强，昭公微弱，国人将叛而归沃焉。”按首章云：“从子于沃。”卒章云：“我闻有命，不敢以告人。”恐是曲沃谋翼事。

《椒聊》 疑是称美人之子孙蕃衍。犹《南》之《螽斯》。

《绸缪》 男女相遇，而为戏语。或谓此是婚娶时夫妇相谓之语。

《杕杜》 飘流之人，感在外之艰难，而思他人不如同父同姓也。

《羔裘》 不详。

《鸨羽》 行役在外，不遑事父母，而为哀歌。

《无衣》 言我固有衣，然不如服子之衣，更为安吉。《毛诗》以为是曲沃武公并晋始受王七命事，恐是附会。

《有杕之杜》 思君子，欲其来，而言“中心好之，曷饮食之”。

《葛生》 此是怨旷之词。妇人感其夫在外，无与息与居者，更不知其何日来，而作沉痛语曰“百岁之后，归于其居”，言其不能待而先死也。

《采苓》 此劝人勿轻信谗言之辞。

秦

秦与周同地，虽异世而有同者，《秦风》词句每有似《小雅》处。

《车邻》 此亦及时行乐之意。

《驷驖》 此猎歌，其用于公室者，如《石鼓文》；其流行在民间者，如此类。

《小戎》 丈夫出征，其妻思之。

《蒹葭》 此亦相爱者之词。辛稼轩词《元夕》云：“众里寻他千百度，蓦然回首，那人却在灯火阑珊处。”与此诗情景同。

《终南》 秦人美其君之辞。

《黄鸟》 秦穆公卒，以三良为殉，国人哀之，而歌此诗。三家毛义同，事见《左传》。

《晨风》 丈夫在外，其妻思之。

《无衣》 秦武士出征时，相语之壮辞。

《渭阳》 《列女传》（传《鲁诗》）《毛序》皆以为秦康公送其舅氏晋公子重耳入国之辞。

《权舆》 言为礼不卒，后不承先，但不知如何人之歌也。

陈

《宛丘》 形容舞者之辞。

《东门之枌》 朱子云："男女聚会歌舞，而赋其事以相乐。"按此说是也。

《衡门》 朱子云："此隐居自乐而无求者之辞。"按此说是也。

《东门之池》 思女子之辞。

《东门之杨》 男女相期于昏，而明星煌煌，犹未至也。

《墓门》 妇不得志于其夫之悲歌，与《邶诗·终风》同义。颠倒思予，乃文法之倒转，即予思颠倒。

《防有鹊巢》 朱子云："此男女之有私，而忧或间之之辞。"

《月出》 朱子云："此亦男女相悦而相念之辞。"

《株林》 人民歌陈灵公君臣从夏姬游事，事见《左传》《国语》。

《泽陂》 此亦思女子之辞。

按，《陈风》所歌之事，最近于郑。

桧

《羔裘》 不详。毛义不通。

《素冠》 亦男女相爱之辞。女子见其所爱者遭丧，仍欲速嫁之也。

《隰有苌楚》 感于人生艰难，不如草木之无知。

《匪风》 悲诗。

按，《桧》诗之体，以“兮”为结，甚似《郑风·缁衣》，故《郑》《桧》恐是一地之诗。桧于西周时，即为郑灭。

曹

《蜉蝣》 悲诗。

《候人》 言在朝者不称其位，无已，退与季女游乐。

《鸤鸠》 颂美其上之辞。

《下泉》 伤时衰世乱，而念昔之盛世。

按，曹叔振铎，文之昭也。周初所褒大封，后乃畏服于强邻。故《鸤鸠》之辞，稍似《小雅》；《下泉》之辞，有类亡国之音哀以思者，盖曹在初年必为大国，后乃衰微不承权舆耳。

豳

《七月》 封建制下农民之岁歌。

《鸱鸮》 作鸟语者。此类人作鸟兽语之诗，古代中国只有此一首遗后来。

《东山》 士卒东征者，既感行役之劳，返其家室，与妇相语。

《破斧》 周公东征，虽功烈甚大。而民亦劳苦。此实哀诗，如依四家美刺之义以为序，此真“刺周公也”。

《伐柯》 此疑是婚诗。

《九罭》 就卒章看。或是徂东兵士，不愿周公西归之歌。

《狼跋》 美公孙，然不知此公孙是何人，其非周公则甚明。

《豳风》虽涉周公事，然绝非周公时诗之原面目，恐口头流传二三百年后而为此语言。其源虽始于周公时，其文乃递变而成于后也。不然，《周颂》一部分如彼之简直，《豳风》如此之晓畅，若同一世，于理不允。

《诗》时代

研究《诗三百》的时代，似乎应当依下列的几条道路。

一、先把那些可以确定时代者，考定清楚，以为标准。

二、那些时代不能确定者，应折中于时代能确定者，以名的同异，语法之演进，章法之差别，定它对于能确定时代之若干篇之时代的关系。

三、凡是泛泛关涉礼乐的文辞，在最初创始及历次变化中，每可经甚长的时候，故只能断定其大致，不能确指为何时。

四、在一切民间的歌谣中，每有纠缠不清的关系。乙歌由甲歌出，而乙歌又可递变为丙；一歌自最初成词，至后来谱于乐章，著于竹简，可经很多的变化。即如《小雅》之“习习谷风”，与《鄘风》之“习习谷风”，起兴同，所叙之事同，意思同，显是一调之变化。起兴很可助我们寻求一调之源流的。在这情形之下，一个歌谣可以有数百年的历史，绝不宜指定其为何朝者。

故由此看去，不特我们现在已经不能为《诗三百》篇篇认定时代，且正亦不可如此做，如此做则不免于凿。康成《诗谱》为每一篇中找好了一个时代，既诬且愚也。

周诗系统

《周颂》　《周颂》中大别可分为两类：一、无韵者；二、有韵又甚丰长者；其间还有些介物。那些无韵的时代在前，有韵又甚丰长者在后，有韵而不整齐丰长者在中间，此是文体之自然演化。今以其有韵又甚丰长者，与大、小《雅》中可定为厉宣时诗者比较，则觉难《周颂》之最后者，犹与厉宣时诗甚不同，则《周颂》当是成康以来下至懿孝间诗，无韵者在先，有韵者在后也。肆夏武诸章显是既克商，中国业已安定，愿言休息之诗，三家诗属之成王时或近情。

大、小《雅》　大、小《雅》无周初年者，其南征北伐诸篇，当厉宣时。已说在前。若《大雅》之述祖德，皆是甚后之追记，且“殷之未丧师，克配上帝”诸篇，已经历历以殷亡为戒，不是兴国初年之语，又均与《周颂》的口气不同。我们难不能说《颂》《雅》时代相递换，然《颂》之末期，可当《雅》之初期，《雅》中无与不韵之《颂》同时者，则若显然。

大、小《雅》中颇多东迁后诗，然均在始迁时，无后于平王者可见。故如但以《雅》论，则诚如孟子说："王者之述熄而《诗》亡，《诗》亡然后《春秋》作。"

《周南》《召南》　二《南》中可确定时代者，为《汝坟》《甘棠》《何彼秾矣》三篇，显是周东迁不久时诗。又《江有汜》《汉广》等篇，显是周末丧南国时诗。南国盛于西周之末，大约二《南》是西周下半、东周初年诗，上不过共、懿，下不逾平、桓。

《豳》　豳地甚西，犹在周之西，而有"既东"之称，大约是周向东之后带来的故乐，称邠以示其自来，犹《卫》诗之称北也。《七月》《东山》《破斧》之原必甚古，而后来之面目则不必甚先，然《豳风》中不见有东周诗。

《王》　《王风》皆东迁后诗，其《扬之水》一章言戍申、戍甫、戍许，明是楚人北犯时诗，楚已成随，申犹未夷为楚县时也。

非周诗

《邶》《鄘》《卫》　《邶》《鄘》《卫》中只有两诗可确定时代者，即《载驰》与《定之方中》，都是齐桓时诗，此外文辞既无大异，时代大约相离不远。

《郑》《齐》《魏》《唐》《秦》《陈》《桧》《曹》此若干国中凡有时代可指实者，皆在春秋初年，只在《陈风》中有下及陈灵之世者（周定王、鲁宣公）。大约此中歌诗至早者在西周晚年，而东周初年者为最多。

《鲁颂》《周颂》之时代已见前。

现在试作下表，未必无误，待后考之。

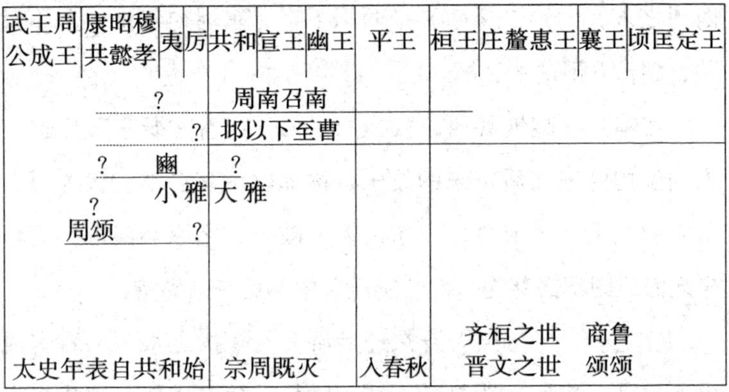

民间歌词，著文或后，来源每远，故以虚线表之。

《诗》之影响

《诗三百》在儒家的文献中，虽然有这么大的势力，而在后来文学的影响上，并不见得很多。仿佛《诗经》之体，同《诗经》之文，俱断于春秋之世。后来虽有四言诗，却已不是《诗三百》之四言诗了。所以这样者，一、春秋战国间流行的音乐改变了，和旧音乐在一起的诗体遂不通行。魏文侯闻今乐则乐，闻古乐则倦，当时今乐古乐之分已甚断然了。二、汉代音乐乃继楚声者，稍加上些北方之音，故不绍雅、颂、郑、卫的系统。三、雅乃随宗周之文物而亡的，更不消说。春秋战国间，中国一切物事都大变，文辞音乐也不免随着。还有一个理由：《诗三百》到底是初年的诗体，并未发达到曹子建的五言诗，或李、杜的七言诗之地步。突然遇到春秋战国间之大变，遂不能保持着统绪下去。

况且一切诗体都不是能以绍述成生命的，所以历代诗之变比文之变快得多。文究竟多含理智上的东西，以后承前，还可积累上去。若诗，则人之感情虽说古今无异，不外是些悲欢离合，爱好愤恨，而人之感觉却无处不映照时代，时代变则感觉随着变。例如唐人最好的诗，现在读来，或者不觉得亲切，因为时代不同，我们不能感觉唐人所感觉之故。自然单个诗中每有不朽者，若但以一种体制一种倾向而论，总是有生有死，有壮有老者。

于是乎《诗三百》在后来之影响，不在诗中，而在假古董中。自汉武重儒术，而三王对策作《尚书》语，扬子云箴作《诗经》语。以后如韦、孟的诗（此非西汉诗），历代享祀的诗，每学《诗经》。然而“点窜《尧典》《舜典》字，涂改《清庙》《生民》诗”者，何尝是有生命的文学？不过是些学究的雕虫之技而已。汉魏六朝四言之体犹盛，然除少数的经学诗外，未尝和《诗三百》有系统的关联。

论所谓“讽”

《诗三百》之后世虽小，然以风为名之辞在后来却变成一种新文体，至汉而成枚马之赋，现在分别叙这一件事之流行。

一、“风”“讽”乃一字。此类加偏旁的字每是汉儒做的，本是一件通例，而“风”“讽”原通尤可证。

《诗序》：“所以风。”《经典释文》：“如字。徐，福凤反；今不用。”按：福凤反，即讽（去声）之音。又，“风，风也”。《释文》：“并如字。徐上如字，下福凤反。崔灵恩集注本，下即作讽字。刘氏云：动物曰风，托音曰讽。崔云：‘用风感物则谓之讽。’”

《左传》昭五年注：“以此讽。”《释文》：“本亦作风。”风读若讽者，《汉书集注》中例甚多（从《经籍籑诂》所集），《食货志》下集注，《艺文志》集注，《燕王泽传》集注，《齐悼惠王肥传》集注，《灌婴传》集注，《娄敬传》集注，《梁孝王武传》集注，《卫青传》集注，《霍去病传》注，《司马相如传》集注三见，《卜式传》集注，《严助传》集注，《王褒传》集注，《贾捐之传》集注，《朱云传》集注，《常惠传》集注，《鲍宜传》集注，《韦元成传》集注，《赵广汉传》集注三见，《冯野王传》集注，《孔光传》集注，《朱博传》集注，《何武传》集注，《扬雄传》上集注二见，《扬雄传》下集注三见，《董贤传》集注，《匈奴传》上集注三见，《匈奴传》下集注二见，《西南夷传》集注二见，《南粤王传》集注，《西域传》上集注，《元后传》集注二见，《王莽传》上集注二见，《王莽传》下集注，《叙传》上集注，《叙传》下集注二见，又《后汉书·崔琦传》注。按，由此而观，风为名词，讽（福风反）为动词，其义则一。

二、风乃诗歌之泛名（前已论之）。《诗·大雅》："吉甫作诵……其风肆好。"（此雅之称风者）

又《小雅》："或湛乐饮酒，或惨惨畏咎，或出入风议，或靡事不为。"郑笺以为"风犹放也"，未安；当谓出入歌诵，然后上与湛乐饮酒相配，下与靡事不为相反。

《春秋繁露》："'文王受命，有此武功。既伐于崇，作邑于丰'，乐之风也。"（《文王受命》，在《大雅》）

《论衡》："'风乎雩'，风歌也。"按，此解实通。《论语》何注，风，凉也，无谓。

故《诗》之辞为风，诵之则曰讽（动词）；泛指诗歌，非但谓十五国。又以风名诗歌，西洋亦有成例，如Arig，伊大利文谓风，今在德Arie、在法Air皆用为歌曲之名。

三、战国时一种之诡词承风之名。

《史记·滑稽列传》：

> 威王大说，置酒后宫，召髡，赐之酒。问曰："先生能饮几何而醉？"对曰："臣饮一斗亦醉，一石亦醉。"威王曰："先生饮一斗而醉，恶能饮一石哉？其说可得闻乎？"髡曰："赐酒大王之前，执法在傍，御史在后，髡恐惧俯伏而饮，不过一斗径醉矣。若亲有严客，髡帣韝鞠䠞，侍酒于前，时赐馀沥，奉觞上寿，数起，饮不过二斗，径醉矣。若朋友交游，久不相见，卒然相睹，欢然道故，私情相语，饮可五六斗，径醉矣。若乃州闾之会，男女杂坐，行酒稽留，六博投壶，相引为曹，握手无罚，目眙不禁，前有堕珥，后有遗簪，髡窃乐此，饮可八斗，而醉二参。日暮酒阑，合尊促坐，男女同席，履舄交错，杯盘狼藉，堂上烛灭，主人留髡而送客。罗襦襟解，微闻芗泽，当此之时，髡心最欢，能饮一石。故曰'酒极则乱，乐极则悲，万事尽然。言不可极，极之而衰'，以讽谏焉。"（此虽史公节录，非复全文，然尽是整语，

又含韵词，其自诗体来，断然可见也。）

此处之讽乃名词，照前例应为风字。“以风谏焉”，犹云以诗（一种之诡词）谏焉，此可为战国时一种诡词承风之名之确证。至于求知这样的诡词之风是什么，还有些材料在《史记》《战国策》中。

《战国策》八　邹忌修八尺有余，身体昳丽。朝服衣冠，窥镜，谓其妻曰：“我孰与城北徐公美？”曰：“君美甚，徐公何能及公也？”城北徐公齐国之美丽者也，忌不自信，而复问其妾曰：“吾孰与徐公美？”妾曰：“徐公何能及君也？”旦日，客从外来，与坐谈，问之客曰：“吾与徐公孰美？”客曰：“徐公不若君之美也。”明日，徐公来，孰视之，自以为不如；窥镜而自视，又弗如远甚。暮寝而思之曰：“吾妻之美我者，私我也；妾之美我者，畏我也；客之美我者，欲有求于我也。”于是入朝见威王曰：“臣诚知不如徐公美，臣之妻私臣，臣之妾畏臣，臣之客欲有求于臣，皆以美于徐公。令齐地方千里，百二十城，宫妇左右，莫不私王，朝廷之臣莫不畏王，四境之内，莫不有求于王。由此观之，王之蔽甚矣。”王曰：“善。”乃下令：“群臣吏民，能面刺寡人之过者，受上赏；上书谏寡人者，受中赏；能谤议于朝市，闻寡人之耳者，受下赏。”令初下，群臣进谏，门庭如市；数月之后，时时而间进；期年之后，虽欲言无可进者。燕赵韩魏闻之，皆朝于齐。此所谓战胜于朝廷。

《史记》七十四　淳于髡，齐人也。博闻强记，学无所主（例如与孟子所辩男女授受不亲诸辞），其陈说慕晏婴之为人也；然而承意观色为务。客有见髡于梁惠王，惠王屏左右，独坐而见之，终无言也。惠王怪之，以让客曰：“子之称淳于先生，管晏不及，及见寡人，寡人未有得也，岂人不足为言邪？何故哉？”客以谓髡。髡曰：“固也，吾前见王，王志在驱逐；后复见王，王志在音声。吾是以默然。”客具以报王。王大骇曰：“嗟乎！淳于先生诚圣人也！前淳于先生之来，有献善马者，寡人未及视，会先生至。后先生之来，有献讴者，未及试，亦会先生来。寡人虽屏心，然私心在彼。有之。”后淳于髡见，一语连三日三夜无倦。惠王欲以卿相位待之，髡因谢去。于是送以安车驾驷，束帛加璧，黄金百镒，终身不仕。

《史记》四十六　驺忌子以鼓琴见威王，威王说而舍之右室。须臾，王鼓琴，驺忌子推户入曰："善哉鼓琴！"王勃然不说。去琴按剑曰："夫子见容未察，何以知其善也？"驺忌子曰："夫大弦浊以春温者，君也；小弦廉折以清者，相也；攫之深，醳之愉者，政令也；钧谐以鸣，大小相益，回邪而不相害者，四时也。吾是以知其善也。"王曰："善语音。"驺忌子曰："何独语音？夫治国家而弭人民，皆在其中。"王又勃然不说，曰："若夫语五音之纪，信未有如夫子者也。若夫治国家而弭人民，又何为乎丝桐之间？"驺忌子曰："夫大弦浊以春温者，君也；小弦廉折以清者，相也；攫之深而舍之愉者，政令也；钧谐以鸣，大小相益，回邪而不相害者，四时也。夫复而不乱者，所以治昌也；连而径者，所以存亡也。故曰：琴音调而天下治。夫治国家而弭人民者，无若乎五音者。"王曰："善。"驺忌子见三月而受相印，淳于髡见之，曰："善说哉！髡有愚志，愿陈诸前。"驺忌子曰："谨受教。"淳于髡曰："得全全昌，失全全亡。"驺忌子曰："谨受令，请谨毋离前。"淳于髡曰："狶膏棘轴，所以为滑也。然而不能运方穿。"驺忌子曰："谨受令，请谨事左右。"淳于髡曰："弓胶昔干所以为合也，然而不能傅合疏罅。"驺忌子曰："谨受令，请谨自附于万民。”淳于髡曰：“狐裘虽敝，不可补以黄狗之皮。”驺忌子曰：“谨受令，请谨择君子，毋杂小人其间。”淳于髡曰：“大车不较，不能载其常任；琴瑟不较，不能成其五音。”驺忌子曰：“谨受令，请谨修法律而督奸吏。”淳于髡说毕，趋出至门，而面其仆曰：“是人者吾语之微言五，其应我若响之应声，是人必封不久矣。”居期年，封以下邳，号曰成侯。

驺忌子、淳于髡便是这样的人，他们的话便是这样的话，而这样的话便是风。到这时，风已不是一种狭义的诗体，而是一种广义的诡词了。《荀子·成相》诡诗尚存全章，此等风词只剩了《战国策》《史记》所约省的，已经把铺陈的话变作仿佛记事的话了。但与枚马赋体一比，其文体显然可见。

四、因此种诡词每以当谏诤之用，战国、汉初儒者见到这样的“风”，更把刺诗的观念在解诗中大发达之，例如《关雎》为刺康王宴起之诗等等，于是《诗三百》真成谏书了。瞽献曲，史献言，一种的辞令，每含一种的寓意（欧洲所谓Moral），由来必远。然周、汉之间，《诗三百》之解释至那样子者，恐是由于那时候的诡词既以风名，且又实是寓意之辞，以今度古，以为《诗经》之作本如诡诗，遂成孟子至三家之《诗》学。

五、由这看来，讽字并无后人所谓“含讥带讽”之义，此义是引申而附加者。

六、我疑“论”“议”等最初皆是一种诡诗之体，其后乃变成散文。

《庄子·齐物论》：“六合之外，圣人存而不论；六合之内，圣人论而不议，春秋经世，先王之志，圣人议而不辨。”

此处之论，谓理；议，谓谊；辨，谓比。犹云六合外事，圣人存而不疏通之；六合内事，圣人疏通而不是非之，春秋有是非矣，而不当其词，以成偏言。这些都不是指文体之名而言。然此处虽非指文体，此若干名之源也许是诡诗变为韵文者。《九辩》之文还存在，而以辩名之文，尚有存名者。至于论之称，在战国中期，田骈作《十二论》，今其《齐物》一篇犹在《庄子》（考后详）。在战国晚年，荀卿、吕不韦皆著论（见《史记》）。然此是后起之义，《论语》以论名，皆语之提要钩玄处。又《晋书·束皙传》：“太康二年……盗发魏……安釐王冢，得竹书数十车。……《论语·师春》一篇，《书》《左传》诸卜筮，师春似是造书者姓名也。”《左传》诸卜筮本是流行于晋之《周易》，师为官，春为名，当即传书之人。《左传》卜筮皆韵文诡诗，或者这是论之最早用处吗？议一字见于《诗经》者，“或出入风议”，应是谓出入歌咏，如此方对下文“靡事不为”。又郑语：“姜，伯夷之后也。嬴，伯翳之后也。伯翳能礼子神，以佐尧者也。伯翳能议百物，以佐舜者也。”韦昭解，“百物草木鸟兽，议使各得其宜”，此真不通之解。上句谓伯夷能礼，下句当谓伯翳能乐，作诡诗以形容百物，而陈义理。如今见《荀子·赋》篇等。约上文言，春秋时诡诗之名，入战国而成散文之体。我现在假诡如此，材料尚不足，妄写下待后考之。

七、枚马赋体之由来。

汉初年，赋绝非一类。《汉志》分为四家，恐犹未足尽其辨别。此等赋体渊源有自，战国时各种杂诗之体，今存名称者尚不少，待后详论之（《文学史讲义》第二篇第十二章）。现在只论枚乘、司马相如赋体之由来。枚赋今存者，只《七发》为长篇，而司马之赋，以《子虚》为盛（《上林》实在《子虚》中，为人割裂）。此等赋之体制可分为下列数事。

（一）铺张侈辞。

（二）并非诗体，只是散文，其中每有叶韵之句而已。

（三）总有一个寓意（Moral），无论陈设得如何侈靡，总要最后归于正道，与淳于髡饮酒，邹忌不如徐公美之辞全然一样。

我们若是拿这样赋体和楚辞校，全然不是一类；和宋玉赋校，词多同者，而体绝不同；若和齐人讽词校，则直接之统绪立见。枚、马之赋，固全是战国风气，取词由宋玉赋之一线，定体由讽词之一线，与屈赋毫不相干者也。淳于髡诸驺子之风必有些很有趣者，惜乎现在只能见两篇的大概。

贾谊《惜誓》云：“涉丹水而驰骋兮，右大夏之遗风。”“遗风”二字难解。及观《淮南·原道训》云：“目观体羽武象之乐，耳听滔朗奇丽激掺之音，扬郑卫之浩乐，结激楚之遗风。”知所谓遗风，正是歌诗，可为此说益一证也。

《诗三百》之文辞

我们在论《诗三百》之美文以前，应当破除两个主观。这两个主观者，第一，以词人之诗评析三百篇，而忘了《诗三百》是自山谣野歌以至朝廷会享用的乐章集，本是些为歌而作，为乐而设的，本不是作来“改罢自长吟”的，譬如《芣苢》：

> 采采芣苢，薄言采之。采采芣苢，薄言有之。
> 采采芣苢，薄言掇之。采采芣苢，薄言捋之。
> 采采芣苢，薄言袺之。采采芣苢，薄言襭之。

这真是太原始的诗了。然如我们想到这不是闭户而歌，而是田野中所闻之声。当天日晴和、山川明朗的时候，女子结群采掇芣苢，随采随歌，作这和声。则这样章节自有它的激越之音，不可仅以平铺直叙看作它是诗歌之“原形质”了。又如《萚兮》：

萚兮萚兮，风其吹女。叔兮伯兮，倡予和女。

萚兮萚兮，风其漂女。叔兮伯兮，倡予要女。

这也太寻常了。然如假想这是一群人中士女杂坐，一唱众和之声，则这一歌也自有它的兴发处。如果我们不认识这一层，一律以后来诗人作诗的标准衡量它们，必把这事情看得差了。第二个主观是把后人诗中艺术之细密，去遮没了《诗三百》中挚情之直叙。诗人斤斤于艺术之细，本已类似一种衰落的趋势。抒情诗之最盛者，每在无名诗人；而叙事诗之发扬蹈厉，每由甚粗而不失大体之艺术。后人作诗，虽刻画得极细，意匠曲折得多，然刻画即失自然，而情意曲折便非诡化（Sophisticated）的人不能领悟，非人情之直率者。如：

溱与洧，方涣涣兮。士与女，方秉蕳兮。女曰观乎？士曰既且。且往观乎？洧之外，洵讦且乐。维士与女，伊其相谑，赠之以芍药。

又如：

爰采唐矣，沬之乡矣。云谁之思？美孟姜矣。

期我乎桑中，要我乎上宫，送我乎淇之上矣。

或如《葛覃》：

葛之覃兮，施于中谷，维叶萋萋。黄鸟于飞，集于灌水，其鸣喈喈。

葛之覃兮，施于中谷，维叶莫莫。是刈是濩，为絺为绤，服之无斁。

言告师氏，言告言归。薄污我私，薄浣我衣。害澣害否？归宁父母。

以及《卷耳》：

采采卷耳，不盈顷筐。嗟我怀人，置彼周行。

陟彼崔嵬，我马虺隤。我姑酌彼金罍，维以不永怀。

陟彼高冈，我马玄黄。我姑酌彼兕觥，维以不永伤。

陟彼砠矣，我马瘏矣，我仆痡矣，云何吁矣！

《诗经》中此类例举不胜举，都是直叙的话，都没有刻意为辞的痕迹，然而都成美文。《诗三百》中一切美辞之美，及其超越楚辞和其他侈文处，在乎直陈其事，而风采情趣声光自见，不流曲折以成诡词，不加刻饰以成蔓骈，俗言即是实言，白话乃是真话，直说乃是信说。《诗经》之最大艺术，在其不用艺术处。

子贡问曰："《诗》云：'巧笑倩兮，美目盼兮，素以为绚兮。'何谓也？"子曰："绘事后素。"

曰："礼后乎？"子曰："起予者商也。始可与言诗已矣！"

纯净无过于洁白，艺术无过于自然。戕贼语言以为艺术，犹戕贼人性以为仁义，戕贼杞柳为杯棬。

现在叙《诗经》中的几类情色。

严沧浪论盛唐诗曰："羚羊挂角，无迹可求。透彻玲珑，不可凑泊。如空中之音，相中之色，水中之月，镜中之象。言有尽而意无穷。"这也是诗中境界能自然后之象。《诗三百》中指到这一格者正不少。例如《燕燕于飞》：

燕燕于飞，差池其羽。之子于归，远送于野。瞻望弗及，泣涕如雨。

燕燕于飞，颉之颃之。之子于归，远于将之。瞻望弗及，伫立以泣。

燕燕于飞，下上其音。之子于归，远送于南。

瞻望弗及，实劳我心。

仲氏任只，其心塞渊。终温且惠，淑慎其身。先君之思，以勖寡人。

又如《蒹葭》：

蒹葭苍苍，白露为霜。所谓伊人，在水一方。溯洄从之，道阻且长。溯游从之，宛在水中央。

蒹葭凄凄，白露未晞。所谓伊人，在水之湄。溯洄从之，道阻且跻。溯游从之，宛在水中坻。

蒹葭采采，白露未已。所谓伊人，在水之涘。溯洄从之，道阻且右。溯游从之，宛在水中沚。

又如《小戎》：

小戎收俴，五楘梁辀。游环胁驱，阴靷鋈续。文茵畅毂，驾我骐馵。言念君子，温其如玉，在其板屋，乱我心曲。

《邶》《鄘》《卫》之《谷风》及《氓》，总算最能诉说柔情的弃妇词了。而《小雅》中之《习习谷风》，几句话说完，意思更觉无限。……

习习谷风，维风及雨。将恐将惧，维予与女。将安将乐，女转弃予。

习习谷风，维风及颓。将恐将惧，寘予于怀。将安将乐，弃予如遗。

习习谷风，维山崔嵬。无草不死，无木不萎。忘我大德，思我小怨。

这些都是言短意长，境界具于词语之外，愈反复看去，愈觉其含义无穷。

另有绝妙一格，把声色景物，蜜意柔情，一齐图出来的，例如《出车》：

我出我车，于彼牧矣。自天子所，谓我来矣。召彼仆夫，谓之载矣。王事多难，维其棘矣。

我出我车，于彼郊矣。设此旐矣，建彼旄矣。彼旟旐斯，胡不旆旆？忧心悄悄，仆夫况瘁。

王命南仲，往城于方，出车彭彭，旂旐央央。天子命我，城彼朔方。赫赫南仲，猃狁于襄。

昔我往矣，黍稷方华。今我来思，雨雪载涂。王事多难，不遑启居。岂不怀归？畏此简书。

喓喓草虫，趯趯阜螽。未见君子，忧心忡忡。既见君子，我心则降。赫赫南仲，薄伐西戎。

春日迟迟，卉木萋萋。仓庚喈喈，采蘩祁祁。

执讯获丑，薄言还归。赫赫南仲，玁狁于夷。

或如《采薇》（仅抄末章）：

昔我往矣，杨柳依依。今我来思，雨雪霏霏。行道迟迟，载渴载饥。我心伤悲，莫知我哀。

尤其佳妙的是《东山》，这是《诗经》中第一首好的抒情诗。

我徂东山，慆慆不归。我来自东，零雨其濛。我东曰归，我心西悲。制彼裳衣，勿士行枚。蜎蜎者蠋，烝在桑野。敦彼独宿，亦在车下。

我徂东山，慆慆不归。我来自东，零雨其濛。果蠃之实，亦施于宇。伊威在室，蠨蛸在户。町畽鹿场，熠耀宵行。不可畏也，伊可怀也。

我徂东山，慆慆不归。我来自东，零雨其濛。鹳鸣于垤，妇叹于室。洒扫穹室，我征聿至。有敦瓜苦，烝在栗薪。自我不见，于今三年。

我徂东山，慆慆不归。我来自东，零雨其濛。仓庚于飞，熠熠其羽。之子于归，皇驳其马。亲结其缡，九十其仪。其新孔嘉，其旧如之何？

更有一格，声光朗然，美而不柔，畅而不放，顺而不流，寄神韵于嘹亮之中者，如《君子偕老》：

君子偕老，副笄六珈。委委佗佗，如山如河。象服是宜，子之不淑，云如之何？

玼兮玼兮，其之翟也。鬒发如云，不屑髢也。玉之瑱也，象之揥也，扬且之皙也。胡然而天也？胡然而帝也？

瑳兮瑳兮，其之展也。蒙彼绉絺，是绁袢也。子之清扬，扬且之颜也。展如之人兮，帮之媛也。

又如《硕人其颀》：

硕人其颀，衣锦褧衣。齐侯之子，卫侯之妻，东宫之妹。邢侯之姨，谭公维私。

手如柔荑，肤如凝脂。领如蝤蛴，齿如瓠犀，螓首蛾眉，巧笑倩兮，美目盼兮。

硕人敖敖，说于农郊，四牡有骄，朱帻镳镳，翟茀以朝。大夫夙退，无使君劳。

河水洋洋，北流活活。施罛涉涉，鳣鲔发发。葭菼揭揭，庶姜孽孽，庶士有朅。

又如《女曰鸡鸣》：

女曰鸡鸣，士曰昧旦。子兴视夜，明星有烂。将翱将翔，弋凫与雁。

弋言加之，与子宜之。宜言饮酒，与子偕老。琴瑟在御，莫不静好。

知子之来之，杂佩以赠之。知子之顺之，杂佩以问之。知子之好之，杂佩以报之。

其曲折旋转以诉柔情者，能极思意之回旋。

《柏舟》：

泛彼柏舟，亦泛其流。耿耿不寐，如有隐忧，微我无酒，以敖以游。

我心匪鉴，不可以茹。亦有兄弟，不可以据。薄言往诉，逢彼之怒。

我心匪石，不可转也，我心匪席，不可卷也。威仪棣棣，不可选也。

忧心悄悄，愠于群小。觏闵既多，受侮不少。静言思之，寤辟有摽。

日居月诸，胡迭而微？心之忧矣，如匪澣衣。静言思之，不能奋飞。

《谷风》：

习习谷风，以阴以雨。黾勉同心，不宜有怒。采葑采菲，无以下体。德音莫违，及尔同死。

行道迟迟，中心有违。不远伊迩，薄送我畿。谁谓荼苦？其甘如荠。宴尔新婚，如兄如弟。

泾以渭浊，湜湜其沚。宴尔新婚，不我屑以。毋逝我梁，毋发我笱。我躬不阅，遑恤我后！

就其深矣，方之舟之。就其浅矣，泳之游之。何有何亡？黾勉求之。凡民有丧，匍匐救之。

不我能慉，反以我为雠。既阻我德，贾用不售。昔育恐育鞫，及尔颠覆。既生既育，比予于毒。

我有旨蓄，亦以御冬。宴而新婚，以我御穷。有洸有溃，既诒我肄。不念昔者，伊余来塈。

《氓》：

氓之蚩蚩，抱布贸丝。匪来贸丝，来即我谋。送子涉淇，至于顿丘。匪我愆期，子无良媒。将子无怒，秋以为期。

乘彼垝垣，以望复关。不见复关，泣涕涟涟。既见复关，载笑载言。尔卜尔筮，体无咎言。以尔车来，以我贿迁。

桑之未落，其叶沃若。于嗟鸠兮，无食桑葚。于嗟女兮，无与士耽。士之耽兮，犹可说也。女之耽兮，不可说也。

桑之落矣，其黄而陨。自我徂尔，三岁食贫。淇水汤汤，渐车帷裳。女也不爽，士贰其行。士也罔极，二三其德。

三岁为妇，靡室劳矣。夙兴夜寐，靡有朝矣。言既遂矣，至于暴矣。兄弟不知，咥其笑矣。静言思之，躬自悼矣。

及尔偕老，老使我怨。淇则有岸，隰则有泮。总角之宴，言笑晏晏，信誓旦旦。不思其反。反是不思，亦已焉哉。

《载驰》：

载驰载驱，归唁卫侯。驱马悠悠，言至于漕。大夫跋涉，我心则忧。

既不我嘉，不能旋反，视尔不臧，我思不远。既不我嘉，不能旋济，视尔不臧，我思不闷。

陟彼阿丘，言采其蝱。女子善怀，亦各有行。许人尤之，众稚且狂。

我行其野，芃芃其麦。控于大邦，谁因谁极？大夫君子，无我有尤。百尔所思，不如我所之。

而直陈其事，但作短言，亦能蕴蓄感觉于语外。

《君子于役》：

君子于役，不知其期，曷至哉？鸡栖于埘，日之夕矣，羊牛下来。君子于役，如之何勿思？

君子于役，不日不月，曷其有佸？鸡栖于桀，日之夕矣，羊牛下括。君子于役，苟无饥渴？

《蟋蟀》（仅录首章）：

蟋蟀在堂，岁聿其莫，今我不乐，日月其除。无已大康，职思其居。好乐无荒，良士瞿瞿。

《山有枢》（仅录末章）：

山有漆，隰有栗。子有酒食，何日不鼓瑟？且以喜乐，且以永日。宛其死矣，他人入室。

又如《无羊》一篇，全是一篇绝好的画图，所说不多而画景无限。

谁谓尔无羊？三百维群。谁谓尔无牛？九十其犉。尔羊来思，其角濈濈。尔牛来思，其耳湿湿。

或降于阿，或饮于池，或寝或讹。尔牧来思，何蓑何笠，或负其糇。三十维物，尔牲则具。

尔牧来思，以薪以蒸，以雌以雄。尔羊来思，矜矜兢兢，不骞不崩。麾之以肱，毕来既升。

牧人乃梦，众维鱼矣，旐维旟矣。大人占之，众维鱼矣，实维丰年。旐维旟矣，室家溱溱。

更有以俗见趣者，是《诗三百》中一个盛格。因为《诗三百》本是些民间歌词，巷语田讴，自是最真挚的。

《简兮》：

简兮简兮，方将万舞。日之方中，在前上处。

硕人俣俣，公庭万舞。有力如虎，执辔如组。

左手执籥，右手秉翟。赫如渥赭，公言锡爵。

山有榛，隰有苓。云谁之思，西方美人。彼美人兮，西方之人兮。

《大叔于田》：

叔于田，乘乘马。执辔如组，两骖如舞。叔在薮，火烈具举。襢裼暴虎，献于公所。将叔无狃，戒其伤女。

叔于田，乘乘黄。两服上襄，两骖雁行。叔在薮，火烈具扬。叔善射忌，又良御忌。抑磬控忌，抑纵送忌。

叔于田，乘乘鸨。两服齐首，两骖如手。叔在薮，火烈具阜。叔马慢忌，叔发罕忌。抑释掤忌，抑鬯弓忌。

乃至把亲切的话说得已甚俚俗，而我们还感觉到他有趣味。例如《扬之水》：

扬之水，不流束楚。终鲜兄弟，维予与女。无信人之言，人实迋女。

扬之水，不流束薪。终鲜兄弟，维予二人。无信人之言，人实不信。

《绸缪》：

绸缪束薪，三星在天。今夕何夕，见此良人。予兮子兮，如此良人何？

至于别成一调，后人全无继续者，则有《鸱鸮》一首之作鸟语。

鸱鸮鸱鸮，既取我子，无毁我室。恩斯勤斯，鬻子之闵斯！

迨天之未阴雨，彻彼桑土，绸缪牖户。今女下民，或敢侮予。

予手拮据，予所捋荼。予所蓄租，予口卒瘏。曰予未有室家。

予羽谯谯，予尾翛翛，予室翘翘。风雨所漂摇。予维音哓哓。

《伐檀》《硕鼠》两篇，叙人民不平之感，甚有气力（各录首章）：

坎坎伐檀兮，寘之河之干兮。河水清且涟漪。不稼不穑，胡取禾三百廛兮？不狩不猎，胡瞻尔庭，有县貆兮？彼君子兮，不素餐兮！

硕鼠硕鼠，无食我黍。三岁贯女，莫我肯顾。逝将去女，适彼乐土。乐土乐土，爰得我所。

然而诗风中最盛之一格，是《七月》那篇农民和乐的岁歌。这首总叙人民在封建制度中之生活，一个人民生活之本，亦即他的文学之本。

七月流火，九月授衣。一之日觱发，二之日栗烈，无衣无褐，何以卒岁！三之日于耜，四之日举趾，同我妇子，馌彼南亩，田畯至喜。

七月流火，九月授衣。春日载阳，有鸣仓庚。女执懿筐，遵彼微行，爰求柔桑。春日迟迟，采蘩祁祁。女心伤悲。殆及公子同归。

七月流火，八月萑苇。蚕月条桑，取彼斧斨。以伐远扬，猗彼女桑。七月鸣鵙，八月载绩。载玄载黄，我朱孔阳，为公子裳。

四月秀葽，五月鸣蜩。八月其获，十月陨萚。一之日于貉，取彼狐狸，为公子裘。二之日其同，载缵武功。言私其豵，献豜于公。

五月斯螽动股，六月莎鸡振羽。七月在野，八月在宇，九月在户，十月蟋蟀，入我床下。穹窒熏鼠，塞向墐户。嗟我妇子，曰为改岁，入此室处。

六月食郁及薁，七月亨葵及菽，八月剥枣，十月获稻。为此春酒，以介眉寿。七月食瓜，八月断壶，九月叔苴。采荼薪樗，食我农夫。

九月筑场圃，十月纳禾稼。黍稷重穋，禾麻菽麦。嗟我农夫，我稼既同，上入执宫功。昼尔于茅，宵尔索绹，亟其乘屋，其始播百谷。

二之日凿冰冲冲，三之日纳于凌阴，四之日其蚤，献羔祭韭。九月肃霜，十月涤场。朋酒斯飨，曰杀羔羊。跻彼公堂，称彼兕觥，万寿无疆。

接举此一篇，可该《小雅·楚茨》《信南山》《甫田》《大田》四篇。

《诗》的文辞大致可分为风、雅二类（以雅括颂），风是抒情诗，而雅是有容止的诗，但中间并无严整的界限，我们上文论《风》已引进了《小雅》，现在论《雅》也免不了引进《风》。

《雅》诗第一类是仪容和平者，例如：

定之方中，作于楚宫，揆之以日，作于楚室。树之榛栗，椅桐梓漆，爰伐琴瑟。

升彼虚矣，以望楚矣。望楚与堂，景山与京。降观于桑。卜云其吉，终焉允臧。

云雨既零，命彼倌人。星言夙驾，说于桑田。匪直也人，秉心塞渊，騋牝三千。

又一类是穆穆雝雝者：

天保定尔，亦孔之固。俾尔单厚，何福不除？俾尔多益，以莫不庶。

天保定尔，俾尔戬谷。罄无不宜，受天百禄。

降尔遐福，维日不足。

天保定尔，以莫不兴。如山如阜，如冈如陵。如川之方至，以莫不增。

古蠲为饎，是用孝事。禴祠烝尝，于公先生。君曰卜尔，万寿无疆。

神之吊矣，诒尔多福。民之质矣，日用饮食。群黎百姓，遍为尔德。

如月之恒，如日上升。如南山之寿，不骞不崩。如松柏之茂，无不尔或承。

《彤弓》：

彤弓弨兮，受言藏之。我有嘉宾，中心贶之。钟鼓既设，一朝飨之。

彤弓弨兮，受言载之。我有嘉宾，中心喜之。钟鼓既设，一朝右之。

彤弓弨兮，受言櫜之。我有嘉宾，中心好之。钟鼓既设，一朝酬之。

《菁菁者莪》：

菁菁者莪，在彼中阿？既见君子，乐且有仪。

菁菁者莪，在彼中沚。既见君子，我心则喜。

菁菁者莪，在彼中陵。既见君子，锡我百朋。

汎汎杨舟，载沉载浮。既见君子，我心则休。

按，《雅》中有这样的诗，犹之乎《风》中有《芣苢》，此处但为相见之乐，以短辞作容止之庄；彼处是山谣野讴，以短词成众唱之和；彼处有情景，此处有容仪，这都不是可拿后来诗人作诗之格局去评论的。

诗文之盛，是宽博渊懿者，其中含蓄若干思想，以成振而不荡、庄而不敛之词。

《文王》：

文王在上，於昭于天。周虽旧邦，其命维新。有周不显，帝命不时。文王陟降，在帝左右。

亹亹文王，令闻不已。陈锡哉周，侯文王孙子。文王孙子，本支百世，凡周之士，不显亦世。

世之不显，厥犹翼翼。思皇多士，生此王国。王国克生，维周之桢。济济多士，文王以宁。

穆穆文王，於缉熙敬止。假哉天命，有商孙子。商之孙子，其丽不亿。上帝既命，侯于周服。

侯服于周，天命靡常。殷士肤敏，祼将于京。厥作祼将，常服黼冔。王之荩臣，无念尔祖。

无念尔祖，聿修厥德。永言配命，自求多福。殷之未丧师，克配上帝。宜鉴于殷，骏命不易。

命之不易，无遏尔躬。宣昭义问，有虞殷自天。上天之载，无声无臭。仪刑文王，万邦作孚。

《皇矣上帝》：

皇矣上帝，临下有赫。监视四方，求民之莫。维此二国，其政不获。维彼四国，爰究爰度。上帝耆之，憎其式廓。乃眷西顾，此维与宅。

作之屏之，其菑其翳。修之平之，其灌其栵。启之辟之，其柽其椐。攘之剔之，其檿其柘。帝迁明德，串夷载路。天立厥配，受命既固。

帝省其山，柞棫斯拔。松柏斯兑，帝作邦作对，自大伯王季。维此王季，因心则友。则友其兄，则笃其庆。载锡之光，受禄无丧，奄有四方。

维此王季，帝度其心，貊其德音。其德克明，克明克类，克长克君。王此大邦，克顺克比；比于文王，其德靡悔。既受帝祉，施于孙子。

帝谓文王，无然畔援。无然歆羡，诞先登于岸。密人不恭，敢距大邦，侵阮徂共。王赫斯怒，爰整其旅，以按徂旅，以笃周祜，以对于天下。

依其在京，侵自阮疆，陟我高冈。无矢我陵，我陵我阿；无饮我泉，我泉我池。度其鲜原，居岐之阳。在渭之将，万邦之方，下民之王。

帝谓文王，予怀明德。不大声以色，不长夏以革。不识不知，顺帝之则。帝谓文王，询尔仇方。同尔兄弟，以尔钩援。与尔临冲，以伐崇墉。

临冲闲闲，崇墉言言。执讯连连，攸馘安安。是类是祃，是致是附，四方以无侮。临冲茀茀，崇墉仡仡，是伐是肆，是绝是忽，四方以无拂。

《时迈》：

时迈其邦，昊天其子之，实右序有周。薄言震之，莫不震叠。怀柔百神，及河乔岳。允王维后，明昭有周，式序在位。载戢干戈，载櫜弓矢。我求懿德，肆于时夏，允王保之。

尤盛是发扬蹈厉者，此是《雅》中文辞之最高点。《文王有声》：

文王有声，遹骏有声。遹求厥宁，遹观厥成。文王烝哉！

文王受命，有此武功。既伐于崇，作邑于丰。文王烝哉！

筑城伊淢，作丰伊匹。匪棘其欲，遹追来孝。王后烝哉！

王宫伊濯，维丰之垣。四方攸同，王后维翰。王后烝哉！

丰水东注，维禹之绩。四方攸同，皇王维辟。皇王烝哉！

镐京辟廱，自西自东。自南自北，无思不服。皇王烝哉！

考卜维王，宅是镐京。维龟正之，武王成之。武王烝哉！

丰水有芑，武王岂不仕？诒厥孙谋，以燕翼子。武王烝哉！

《六月》：

六月栖栖，戎车既饬。四牡骙骙，载是常服。猃狁孔炽，我是用急。王于出征，以匡王国。

比物四骊，闲之维则。维此六月，既成我服。我服既成，于三十里。王于出征，以佐天子。

四牡修广，其大有颙。薄伐猃狁，以奏肤公。有严有翼，共武之服。共武之服，以定王国。

猃狁匪茹，整居焦获。侵镐及方，至于泾阳。织文鸟章，白旆央央。元戎十乘，以先启行。

戎车既安，如轾如轩。四牡既佶，既佶且闲。薄伐猃狁，至于大原。文武吉甫，万邦为宪。

吉甫燕喜，既多受祉。来归自镐，我行永久。饮御诸友，炰鳖脍鲤。侯谁在矣？张仲孝友。

《常武》：

赫赫明明，王命卿士。南仲大祖，大师皇父。整我六师，以修我戎。既敬既戒，惠此南国。

王谓尹氏，命程伯休父。左右陈行，戒我师旅。率彼淮浦，省此徐土。不留不处，三事就绪。

赫赫业业，有严天子，王舒保作。匪绍匪游，徐方绎骚，震惊徐方。如雷如霆，徐方震惊。

王奋厥武，如震如怒。进厥虎臣，阚如虓虎。铺敦淮溃，仍执丑虏。截彼淮浦，王师之所。

王旅啴啴，如飞如瀚，如江如汉。如山之苞，如川之流，绵绵翼翼，不测不克，濯征徐国。

王犹允塞，徐方既来。徐方既同，天子之功。四方既平，徐方来庭。徐方不回，王曰还归。

《长发》：

浚哲维商，长发其祥。洪水芒芒，禹敷下土方。外大国是疆，幅陨既长。有娀方将，帝立子生商。

玄王桓拨，受小国是达，受大国是达。率履不越，遂视既发。相土烈烈，海外有截。

帝命不违，至于汤齐，汤降不迟，圣敬日跻，昭假迟迟，上帝是祗，帝命式于九围。

受小球大球，为下国缀旒，何天之休。不竞不絿，不刚不柔，敷政优优，百禄是遒。

受小共大共，为下国骏厖，何天之龙。敷奏其勇，不震不动，不戁不竦，百禄是总。

武王载旆，有虔秉钺。如火烈烈，则莫我敢曷。苞有三蘖，莫遂莫达，九有有截。韦顾既伐，昆吾夏桀。

昔在中叶，有震且业。允也天子，降于卿士。实维阿衡，实左右商王。

若《雅》中哀怨之诗，则迥异于《风》中哀怨之诗。《风》中之怨，以柔情之宛转述怨，以不平之愤愤为怨；《雅》中之怨则瞻前顾后，论臧刺比，述情于政，以政寄情。后人只有阮嗣宗、杜子美（及学杜子美者）方为此类诗也。此类诗都很长，仅举一篇以例其余。

正月繁霜，我心忧伤。民之讹言，亦孔之将。念我独兮，忧心京京。哀我小心，癙忧以痒。

父母生我，胡俾我愈。不自我先，不自我后。

好言自口，莠言自口。忧心愈愈，是以有侮。

忧心惸惸，念我无禄。民之无辜，并其臣仆。哀我人斯，于何从禄？瞻乌爰止，于谁之屋？

瞻彼中林，侯薪侯蒸。民今方殆，视天梦梦。既克有定，靡人弗胜。有皇上帝，伊谁云憎？

谓山盖卑，为冈为陵。民之讹言，宁莫之惩。召彼故老，讯之占梦。具曰予圣，谁知乌之雌雄？

谓天盖高，不敢不局。谓地盖厚，不敢不蹐。维号斯言，有伦有脊。哀今之人，胡为虺蜴！

瞻彼阪田，有菀其特。天之扤我，如不我克。彼求我则，如不我得。执我仇仇，亦不我力。

心之忧矣，如或结之。今兹之正，胡然厉矣！燎之方扬，宁或灭之。赫赫宗周，褒姒威之。

终其永怀，又窘阴雨。其车既载，乃弃尔辅。载输尔载，将伯助予。

无弃尔辅，员于尔辐。屡顾尔仆，不输尔载。终逾绝险，曾是不意。

鱼在于沼，亦匪克乐。潜虽伏矣，亦孔之炤。忧心惨惨，念国之为虐。

彼有旨酒，又有嘉殽。洽比其邻，昏姻孔云。念我独兮，忧心殷殷。

佌佌彼有屋，蔌蔌方有谷。民今之无禄，天夭是椓。哿矣富人，哀此惸独。

此宗周乱后，流亡者之诗。

又如《小旻》末章：

不敢暴虎，不敢冯河。人知其一，莫知其他。战战兢兢，如临深渊，如履薄冰。

至于规谏之诗，多是“文采不艳而过于叮咛周至”，然叮咛而成和谐，亦是美文。

《民劳》：

民亦劳止，汔可小康。惠此中国，以绥四方。无纵诡随，以谨无良。式遏寇虐，憯不畏明。柔远能迩，以定我王。

民亦劳止，汔可小休。惠此中国，以为民逑。无纵诡随，以谨惽怓。式遏寇虐，无俾民忧。无弃尔劳，以为王休。

民亦劳止，汔可小息。惠此京师，以绥四国。无纵诡随，以谨罔极。式遏寇虐，无俾作慝。敬慎威仪，以近有德。

民亦劳止，汔可小愒。惠此中国，俾民忧泄。无纵诡随，以谨丑厉。式遏寇虐，无俾正败。戎虽小子，而式弘大。

民亦劳止，汔可小安。惠此中国，国无有残。无纵诡随，以谨缱绻。式遏寇虐，无俾正反。王欲玉女，是用大谏。

《板》：

上帝板板，下民卒瘅。出话不然，为犹不远。靡圣管管，不实于亶。犹之未远，是用大谏。

天之方难，无然宪宪。天之方蹶，无然泄泄。辞之辑矣，民之洽矣。辞之怿矣，民之莫矣。

我虽异事，及尔同僚。我即尔谋，听我嚣嚣。我言维服，勿以为笑。先民有言，询于刍荛。

天之方虐，无然谑谑。老夫灌灌，小子蹻蹻。匪我言耄，尔用忧谑。多将熇熇，不可救药。

天之方懠，无为夸毗。威仪卒迷，善人载尸。民之方殿屎，则莫我敢葵。丧乱蔑资，曾莫惠我师。

天之牖民，如壎如篪，如璋如圭，如取如携。携无曰益，牖民孔易。民之多辟，无自立辟。

价人维藩，大师维垣。大邦维屏，大宗维翰。怀德维宁，宗子维城。无俾城坏，无独斯畏。

敬天之怒，无敢戏豫。敬天之渝，无敢驰驱。昊天曰明，及尔出王；昊天曰旦，及尔游衍。

附录

文学革新申义

中国文学之革新，酝酿已十余年。去冬胡适之先生草具其旨，揭于《新青年》，而陈独秀先生和之。时会所演，从风者多矣。蒙以为此个问题，含有两面。其一，对于过去文学之信仰心，加以破坏；其二，对于未来文学之建设，加以精密之研究。过去文学，乃历史上之出产品，其不全容于今日，自不待智者而后明。故破坏一端，在今日似成过去，但于建设上讨论而已。然以愚近中所接触者言之，国人于此抱怀疑之念者至多。恶之深者，斥为邪说，稍能容者，亦以为异说高论，而不知其为时势所造成之必然事实。国人狃于习俗，此类恒情，原无足怪。然欲求新说之推行，自必于旧者之不合时宜处，重申详绎，方可奏功。然则破坏一端，尚未完全过去。此篇所说，原无宏旨，不过反复言之，期于共喻而已。

本篇所陈，纷杂无次，综其大旨，不外三端。一为理论上之研究：就文学性质上以立论，而证其本为不佳者。二为历史上之研究：泛察中国文学升降之历史，而知变古者恒居上乘，循古者必成文弊。三为时势上之研究：今日时势，异乎往者，文学一道，亦应有新陈代谢作用，为时势所促，生于兹时也。此外偶有所涉，皆为附属之义。

今试作文学之界说曰："文学者，群类精神上之出产品，而表以文字者也。"此界说中有"群类精神"上出产品之总（Genus）与"表以文字"之差（Difference）。历以论理形式，尚无舛谬。文学之内情本为精神上之出产品，其寄托之外形本为文字。故就质料言之，此界说亦能成立。既认此界说为成立，则文学之宜革不宜守，不待深思而解矣。文学特精神上出产品之一耳（genus必为复数），它若政治、社会、风俗、学术等，皆群类精神上出产品也。以群类精神为总纲，而文学与政治、社会、风俗、学术等为其支流。以群类精神为原因，而文学与政治、社会、风俗、学术等为其结果。文学既与政治、社会、风俗、学术等同探本于一源，则文学必与政治、社会、风俗、学术等交互之间有相联之关系。易言之，即政治、社会、风俗、学术等之性质皆为可变者，文学亦应为可变者。政治、社会、风俗、学术等为时势所迫概行变迁，则文学亦应随之以变迁，不容独自保守也。今知政治、社会、风俗、学术等性质本为变迁者，则文学可因旁证以审其必为变迁者。今日中国之政治、社会、风俗，学术等皆为时势所挟大经变化，则文学一物，不容不变。更就具体方面举例言之，中国今日革君主而定共和，则昔日文学中与君主政体有关系之点，若颂扬、铺陈之类，理宜废除。中国今日除闭关而取开放，欧洲文化输入东土，则欧洲文学中优点为中土所无者，理宜采纳。中国今日理古的学术已成过去，开放后的学术将次发展。则于重记忆的古典文字，理宜洗濯；尚思想的益智文学，理宜孳衍。且文学之用，在所以宣达心意。心意者，一人对于政治、风俗、社会、学术等一切心外景象所起之心识作用也。政治、社会、风俗、学术等一切心外景象俱随时变迁，则今人之心意，自不能与古人同。而以古人之文学达之，其应必至于穷，无可疑者。知政治、社会、风俗、学术等应为今日的而非历史的，则文学亦应为今日的而非历史的。晚周有晚周特殊之政俗，遂有晚周特殊之文学；两汉有两汉特殊之政俗，遂有两汉特殊之文学；南朝有南朝特殊之政俗，遂有南朝特殊之文学。降及后代，莫不如此。理至明也。

且精神上之出产品，不一其类，而皆为可变者。故由其所从出之精神，性质变动，迁流不居。子生于母，自应具其特质。精神生活本有创造之力。故其现于文学而为文学之精神也，则为不居的而非常住的、无尽的而非有止的、创造的而非继续的。今吾党所以深信文学之必趋革新，丽又极望其革新者，正所以尊崇吾国之文学，爱护吾国之文学，推本文学之性质，可冀其辉光日新也。或者竟欲保持旧观，以往古之文学，达今日之政俗学问。一闻革新之论，实不能容。揆彼心理，诚渭今日以往之文学，造乎其极，蔑以加矣。夫造乎其极，蔑以加者，止境也，即死境也。口持保存国粹之言，乃竟以文学末日待之。何不肖不祥至于斯也？保存国粹之念，谁则让人。惟其有保存国粹之念，而思所以保存之道，然后有文学革新之谈。犹之欲保存中国，然后扑满清政府而建共和耳。

中夏文学之殷盛，肇自六诗，踵于楚辞（此就屈、宋、景言，不包汉世楚辞）。全本性情，直抒胸臆，不为词限，不因物拘。虽敷陈政教，褒刺有殊，悲时悯身，大小有异。要皆“因情生文”，而情不为文制也。惟其以感慨为主，不牵词句，不矜事类，故能吐辞天成，情意备至。而屈、宋之文，遂能“决乎若翔风之运轻霞，洒乎若元泉之出乎蓬莱而注渤澥”。降及汉世，政教失而学术息，章句兴而性灵蔽。武功方张，吐辞流于夸诞；小学深修，奇字多入赋篇。独夫在上，谀声大作；心灵不起，浮泛成文。故能义贫而词富，情寡而文繁。炫耀博学，夸张声势，大而无当，放而无归，瓠落而无所容。于是六义大国，夷为三仓附庸；抒情之文，变作隶胥之录。相如唱之，扬雄和之，犹然天下从风，斯文敝之始也。东京以还，此道更盛：京都之制，全无性灵。堆积为工，诞夸成性。而性灵亦为文辞所拘，未由发展，建安、黄初之间，曹、王特出。子建之诗，直迫枚、李。仲宣之赋，大革汉风。浮词去而气质尚，上跻乎变风变雅之间，非舍本逐末之赋家所能比拟。诚文学界中一大革新，亦是文学一大进化。无如狂澜方挽，迷涂又生。渡江而后，“诗必柱下之旨归，赋乃漆园之义疏”。文学依附玄家，不能自立。谢容易以光景之文，斯足美矣。而乃“启心闲绎，托辞华旷、巧绮迂回”，“晦涩费解”。以贵族之习气，合山林之幽阻，不谓为文弊不可也。则有吟咏性情，反贵用事。天才短谢，物类乃崇。“崎岖牵引”，“拘挛补衲”，“惟睹事类，顿失精采”。“大明太始中，文章殆同书案”矣。又如沈约制韵，“使文徒多拘忌，伤其真美”。性灵汩没，不知其几何也。简文变古，淫艳当途。声色使人目眩，荡情致人心乱。岂仅害于文章，亦大伤于世道。徐、庾承其流化，辞重情轻之倒置，积重难返矣。其于六代之中，“前不见古人，后不见来者”，独辟致远之境，不染斫辞之病，起江东之独秀者，则陶潜其人也（以上略本钟嵘、刘勰二家言及五代诸史传论）。隋唐之间，清风乃振，炀帝、太宗皆有变古之才。而开元之间，李、杜挺起，除六朝之文弊，启文囿之封疆，性灵大宏矣。降及元和，微之宫词，妇人能解；香山乐府，全写民情。革险阻而趋平易，舍小己以入群伦。又有昌黎、柳州，作范其间，除人造之俪辞，反天然之散体。论其造诣所及，柳则大启后世小说家刺时之旨（唐代小说本盛，然柳州之旨，却与当时芜滥卑劣者不同），又为持论者示精确之准的。韩则论文论学，皆启有宋一代之风化（别有详沦），于骈体横被一世之际，独不惜人之“大怪”。于是开元、元和之间，诗文俱革旧观。言乎文情，靡靡者易为积健，拘文者易为直抒，辞重者易为情重。体渐通俗，市语入文，况述社会，略见端倪。言乎文体，又多有创作。七言、长风，至李杜始成体制，至香山乃能纪事。七律、排律虽不始于此时，而创作奇格，实出杜公。太白古乐府，尤复一篇一格，句法长短参差，竟空前而绝后。又汉乐府之遗意，久已乖亡。晋宋以降，庙堂之制，则摹古不通；燕寝之作，则轻艳浮浅。唐世词张而乐离，乐府之为用已不可存。太白、香山独创新声以应之，后世名之曰词，遂成宋、金、元、明新文学之前驱，斯又足贵也。然则开元、元和之间，又为文学界中一大革新，亦是文学一大进化。旷观此千年中，变古者大开风流，循旧者每况愈下。文学不贵师古，不难一言断定也。历观楚汉至今二千年中文学升降之迹，则有因循前修，逐其末流，而变本加厉者。若扬、马之承屈、景，南朝之承魏晋，北宋吴蜀六士之承韩公，皆于古人已具之病，益之使深，终以成文弊。又有不辟新境，全摹古人，若明、清二代诸家之复古，极其能事，不过“优孟衣冠”，而其自身已无存在之价值，更何论乎性情之发展。别有挟古人之糟粕，当风化之已沫，斫成新体，专制皮鞟。如樊南之四六、欧王之宋骈，内心疲苶不存，岂有不枯薄者耶？至为曹王变古，独开宗风。李、杜、韩、柳，俱启新境。宋词、元曲，尤多作之自我。惟其不袭古人，故能独标后代也。凡此四格，因革备异，良劣有殊。弘治、嘉靖复古之风，至今未斩。虽所托因人不同，其舍己则一。不以摹拟为门径，竟以摹拟为归宿。纵能希抗古人，亦仅为其奴隶（词曲本宋元新文学，自明清复古家作之，亦复同流合污），斯乘之最下者也。若夫刻其皮鞟，逐其末流，一则徒辨乎体貌，一则流连而忘归，亦非宏宝之途也。此三者均未脱离古人，其能附骥尾而行以传于后者，幸也。明清复古之文，尤少谈之者。既无特殊之点，更无特殊之位置。而今之惑人犹复以步趋古人为名高，岂非大左乎？革新诸家，亦多诡词复古。故太白则曰："圣代复远古，垂衣贵清真。"昌黎则曰："非两汉之书不敢视。"词曲不袭前人矣，犹装其门面，而曰"古乐府之遗"。斯由贵古贱今，华人恒性。语人自作古始，听者将掩耳而走，何如因利乘便，诡词以为名高乎？且所谓变古者，非继祖龙以肆虐，束文籍而不观。贤者识其大者，不贤者识其小者。尽可取为我用。但能以"我"为本，而用古人，终不为古人所用，则正义几矣。《易》曰"革之时义大矣哉"，变动不居，推陈出新。今虽无人提倡文学革命，而时势要求，终不能自已也。

古典文学所由成立之历史，殊不足观也。周秦诸子动引古人，凡所持论，必谓古之道术有在于是者。此则求征以信人，取喻以足理，庄子所谓重言与后世之古典文学渺不相涉者也。自西汉景、武以降，辞赋家盛起。虽具瑰玮之才，而乏精密之思。欲为无尽之言，必敷枝叶之辞。义少文多，自当取贵于事类。事类客也，今则变为主。所以足言也，今则言足犹取事类。臃肿不治、尾大不掉之病，此其肇端也。又辞赋家之意旨，原不剀切。取用于质言，将每至于词穷幸能免于词穷，亦未足以动人。故利用事类之含糊，以为进退申缩之地；利用事类之炜烨，以为引人入迷之方。此古典文学所由成立之第一因也。两汉章句之儒，博于记诵，贫于性情。发为文章，自必炫其所长，藏其所短。引古人之言以为重，取古人之事以相成，当其能事于事古，其流乃成堆砌之体。斯风流传，久而不沫。于是书案之文，字林之赋，充斥于文苑。京都之作，人且以方物志待之矣。此古典文学所由成立之第二因也。魏晋以降，浮夸流为妄言。禹域未一，而曰“肃慎贡矢，夜郎请职”。克敌未竟，而曰“斩俘部众，以万万计”。但取材于成言，初无顾于事实。则直为古人所用，而不能用古人矣。斯习所被，遂成不作直言，全以古事代替之风。此古典文学所由成立之第三因也。降及齐梁，声律对偶。刻削至严。取事取类，工细已深。概以故事代今事，不容质说，古典文学之体于是大定。自斯而后，众家体制，为古典主义所范者多矣。寻其流弊，则意旨为古典所限，而莫能尽情；文辞为古典所蔽，而莫由得真；发展性灵之力为记忆古典所夺，而莫能尽性；文以足言之用，全失其效，且反为言害矣。故综此四端，可一言以弊之曰，舍本逐末而已，今文学所以急待改革者，正求置末务本。于此舍本逐末之古典文学，理宜加以抨击。然用古典能得足志足言之效者，即不可与古典文学同在废置之例。古典原非绝对不可用，所恶于古典者文学，为其专用古典而忘本也。陈仲甫先生曰："行文本不必禁止用典，惟彼古典主义，乃为典所用，而非用典也，是以薄之耳。"诚深得其情之言也。

欲知今后文言之宜合，先知上古文言何由分判。太古文言，固合而不离也。周诰殷盘，诘屈聱牙，正由以语入文，古今语异，乃不可解耳（今人恶白话，以为不古，而中国第一部书即以白话为之。托词名高者，其可以已乎）。古人竹简繁重，流传端赖口耳。欲口耳之易传，必巧饰其词，杂以骈句，润以声节，浸成修整之文，渐远天然之语。不观《尚书》之多韵语、偶辞乎，斯文言分离第一步也。周承二代之后，郁乎其文。大夫行人，多闻博古，自能吐辞温润，动引故言。孔子谓诵《诗》可以专对，专对之尚文可知也。《左传》载行人之语，多有雷同者，其刻画可知也。士夫之言日美，遂为文章之宗；农牧之言仍质，乃成市语之体。斯文言分离第二步也。秦汉以还，动多师古，不敢如晚周之世，以当时语言为文章（诸子之中，自荀子等数家外，多用当时通用之语著之竹帛，即《论语》亦然也），而文言分离之象大定。斯其第三步也。然汉魏六朝之文，内情终不远离于语言。《史记》《汉书》，多载彼时市语，学者诂经，好引当代方言。二陆往来之书，竟通篇为白话焉。魏晋以降，文章典丽，语言称是，《晋书》《博物志》《世说新语》等所载当时口语，少因笔削，概由直录。齐梁韵学入文，亦入于语。周颙之徒，双声叠韵，铿锵其语言。至于隋唐，此风不替。李密隔河数宇文化及罪，化及不解，曰“何须作书语耶”。化及粗顽，自不解书语，然密既腾诸口说，必彼时上流用之也。循上所言事实以观察之，可得四间。第一，中国语文之分离，强半为贵族政体所造成。贵族之性，端好修饰，吐辞成章，亦复如是。今苟不以高华典贵为文章之正宗，即应多取质言。且贵族之政，学不下庶人，文言分离，无害于事也。今等差已泯，群政艾兴。既有文言通用于士流，复有俗语传行于市民，俗语着之纸墨，别为白话文体。于是一群之中，差异其词。言语文章之用，固所以宣情，今则反为隔阂情意之具。与其樊然淆乱，难知其辨，何若取而齐之，以归于一乎？第二，语文体貌虽异，而性情相关。一代文辞之风气，必随一代语言以为转变。今世有今世之语，自应有今世之文以应之，不容借用古者。与其于今世语言之外，别造今世之文辞，劳而无功，又为普及智慧之阻，何如即以今世语言为本，加以改良，而成文言合一之器乎？第三，《论语》所用虚字，全与《尚书》违。屈、景所用，若“羌”“些”者，又为他国所无。彼所以勇于作古者，良由声气之宜，非已死虚字所能为。故不以时语为俚，不以方言为狭。惟其用当时之活虚字，乃能曲肖神情，此白话优于文言一巨点也。第四，《史记》《汉书》以下，何以必杂当代白话，二陆书简，何以必用市语，岂非由白话近真，文言易于失旨乎？《史记》云，诸君必以为便国家，《汉书》易为文言，朵气极矣。且宋人语录，全以白话为之。议者将曰，理学家不重文章也，从事文辞，劳费精神，有妨于研理也，玩物而丧志也。此皆浅言也，文不尽言，言不尽意。言语本为思想之利器，用之以宣达者。无如思想之体，原无涯略，言语之用，时有困穷。自思想转为言语，经一度之翻译，思想之失者，不知其几何矣。文辞本以代言语，其用乃不能恰如言语之情；自言语转为文辞，经二度之翻译，思想之失者，更不知其几何矣。苟以存真为贵，即应以言代文。一转所失犹少，再转所失遂巨也。且唐宋诗人，多用市语，词典之体，几尽白话，固为其切合人情。以之形容，恰得其宜，以之达意，毕肖心情。今犹有卑视白话者，岂非大惑乎？

今世流行之文派，得失可略得言。桐城家者，最不足观，循其义法，无适而可。言理则但见其庸讷而不畅微旨也，达情则但见其陈死而不移人情也，纪事则故意颠倒天然之次序以为波澜，匿其实相，造作虚辞，曰不如是不足以动人也。故析理之文，桐城家不能为，则饰之曰，文学家固有异夫理学也；疏证之文，桐城家不能为，则饰之曰，文章家固有异夫朴学也；抒感之文，桐城家不能为，则饰之曰，古文家固有异夫骈体也。举文学范围内事，皆不能为，而忝颜曰文学家。其所谓文学之价值，可想而知。故学人一经瓣香桐城，富于思想者，思力不可见；博于学问者，学问无由彰；长于情感者，情感无所用；精于条理者，条理不能常。由桐城家之言，则奇思不可为训，学问反足为累。不崇思力，而性灵终归泯灭。不尚学问，而知识日益空疏。托辞曰“庸言之谨”，实则戕贼性灵以为文章耳。桐城嫡派无论矣，若其别支，则恽子居异才，曾涤生宏才，所成就者如此其微，固由于桎梏拘束，莫由自拔。钱玄同先生以为“谬种”，盖非过情之言也。世有为桐城辩者，谓桐城义法，去泰去甚。明季末流文弊，一括而去之。余则应之曰，桐城遵循矩矱，自非张狂纷乱者所可呵责。然吾不知桐城之矩矱果何矩镬也。其为荡荡平平之矩矱，后人当遵之弗畔。若其为桎梏心灵、戕贼性情之矩矱，岂不宜首先斩除乎？

中国本为单音之语文，故独有骈文之出产品。论其外观，修饰华丽，精美绝伦。用为流连光景、凭吊物情之具，未尝无独到之长也。然此种文章，实难能而非可贵，又不适用于社会。将来文学趋势大迁，只有退居于“历史上艺术”之地位，等于鼎彝，供人玩好而已。且骈文有一大病根存，即导人伪言是也。模棱之词，含糊之言，以骈文达之，恰充其量。告言之文，多用骈体，利其情之易于伸缩，进退皆可也。今新文学之伟大精神，即在篇篇有明确之思想，句句有明确之义蕴，字字有明确之概念。明确而非含糊，即与骈文根本上不能相容。尚旨而不缛辞，又与骈文性质上渺不相涉。况含糊模棱，无信之词也。专用譬况，遁辞之常也。骈文之于人也，教之矜伐，诲之严饰，启其意气，泯其懿德。学之而情为所移，便将与鸟兽、草木、虫鱼为群，而不与斯人之徒相与。欲其有济于民生，作辅于社会，诚万不可能之事。而况六朝文人，多是薄行，鲜有令终。诵其诗，读其文，与之俱化。上焉者，发为游仙之想；中焉者，流成颓唐之气；下焉者，浸变淫哇之风。今欲崇诚信而益民德，写人生以济群类，将何用此骈体为也？

龚定菴久与汪容甫、魏默深号称三家，今更磅薄海内。寻其独立不羁，自作古始，曷尝不堪服膺？生逢桐城滑泽文学盛行之日，又当试帖四六混合体之骈文家角立之时，独能希抗诸子，高振风骨，可以为难矣。然而佶屈聱牙，不堪入口，既乖“字妖”之条，又违“易造难识”之戒。故为惊众之言，实非高人之论，多施僻隐之字，又岂达者之为？用辞含糊，等于骈体，庞然自大，类然古文。文章本以宣意，何必深其壁垒乎？张皋文等好作难解之文，固可与龚氏齐视。余尝读其赋《钞序》《黄山赋》诸篇，几乎不能句读。穷日夜力以释之，及乎既解，则又卑之无甚高论，果何用此貌似深奥者为也？故龚氏之变当时文体则是矣，惜其所变者未当。彼龚氏者，文学界中不中用之怪杰也。

自汪容甫、李申耆标举三国、晋宋之文，创作骈散交错之体，流风所及，于今为盛，章太炎先生其挺出者也。盖汉人制文，每牵于章句。梁后俪体，专务乎雕琢。唐宋不免于粗犷，清代尽附于科举（散文与八股合，骈文与试帖、诗赋合）。以三国、晋宋疏通致远之文当之，则皆望风不及，苟非物换时移，以成今日之世代者，虽持而勿坠可也。无若时势之要求，风化之浸变，陈词故谊，将不致用于今日。魏晋持论，固多精审，然以视西土逻辑家言，尚嫌牵滞句文，差有浮辞。其达情之文，专尚“风容色泽，放旷精清”，以视西土表象写实之文，更觉舍本务末，不切群情。故论其精神，则“意度格力，固无取焉”。论其体式，则“简慢舒徐，斯为病矣”。况文学本逐风尚为转移，今不能以《世说新语》为今后之风俗史，即不能以三国、晋宋文体为今后之正宗，理至显也。

西方学者有言，“科学盛而文学衰”，此所谓文学者，古典文学也。人之精力有限，既用其精力于科学，又焉能分神于古典，故科学盛而文学衰者，势也。今后文学既非古典主义，则不但不与科学作反比例，且可与科学作同一方向之消长焉。写实、表象诸派，每利用科学之理，以造其文学，故其精神上之价值有迥非古典文学所能望其肩背者。方今科学输入中国，违反科学之文学，势不能容。利用科学之文学，理必孳育。此则天演公理，非人力所能逆从者矣。

平情论之，纵使今日中国犹在闭关之时，欧土文化犹未输入，民俗未丕变，政体未革新，而乡愿之桐城，淫哇之南社，死灰之闽派，横塞域中。独不当起而剪除，为末流文弊进一解乎！而况文体革迁，已十余年，辛壬之间，风气大变。此酝酿已久之文学革命主义，一经有人道破，当无有间言。此本时势迫而出之，非空前之发明，非惊天之创作。始为文学革命论者，苟不能制作模范，发为新文，仅至于持论而止，则其本身亦无何等重大价值，而吾辈之闻风斯起者，更无论焉。若于此犹存怀疑，非拘墟于情感，即缺乏于长识。此篇所言，全无妙义，又多盈辞，实已等于赘旒，今后但当从建设的方面有所抒写。至于破坏既往，已成定论，不待烦言矣。

（原载1918年1月15日《新青年》第四卷第一号）

诗部类说

《诗经》的部类凡三：一曰风，二曰雅，三曰颂。更分之则四：一曰国风，二曰小雅，三曰大雅，四曰三颂。此样之分别部居至迟在汉初已如是，所谓“四始”之论，即是凭借这个分部法而生的，无此分别即无四始说，是很显然的。然四始之说究竟古到什么时候呢？现在见到的《毛诗》四始说在诗序中，其说曰：

> 是以一国之事，系一人之本，谓之风。言天下之事，形四方之风，谓之雅。雅者，政也，言王政之所由废兴也。政有大小，故有小雅焉，有大雅焉。颂者，美盛德之形容以其成功告于神明者也。是谓四始，诗之至也。

这一说不是释四始，而是释四部之名义，显是后起的。今所见最早之四始说在《史记·孔子世家》：

> 古者诗三千余篇。及至孔子，去其重，取可施于礼义，上采契后稷，中述殷周之盛，至幽、厉之缺，始于衽席。故曰："《关雎》之乱以为《风》始，《鹿鸣》为《小雅》始，《文王》为《大雅》始，《清庙》为《颂》始。"三百五篇孔子皆弦歌之，以求合韶武雅颂之音。礼乐自此可得而述，以备王道。成六艺。

此则四始之本说，非如《毛序》之窃义。据此说，知所谓四始者，乃将一部《诗经》三百余篇解释为一个整齐的系统。原始要终，一若《吕子》之有十二纪，《说文》之始一终亥者然，且与删诗之义，歌乐之用，皆有关系。作此说者，盖以为其终始如此谨严者，正是孔子有心之编制，为礼义，为弦歌，势所必然。

现在如可证明《诗》之部类本不为四，则四始之说必非古义，而为战国末年说《诗》者受当时思想系统化之影响而创作者。现在依风、雅、颂之次序解释之。

风

所谓“风”一个名词起来甚后。这是宋人的旧说，现在用证据充实之。《左传》襄二十九，吴季札观周乐于鲁，所歌诗之次序与今本《三百篇》大同。其文曰：

> 为之歌周南、召南……为之歌邶、鄘、卫……为之歌王……为之歌郑……为之歌齐……为之歌豳……为之歌秦……为之歌魏……为之歌唐……为之歌陈……自郐而下……为之歌小雅……为之歌大雅……为之歌颂。

此一次序与今见毛本（熹平石经本，据今已见残石推断，在此点上当亦不异于毛本）不合者，《周南》《召南》不分为二，《邶》《鄘》《卫》不分为三，此等处皆可见后代《诗经》本子之腐化。《周南》《召南》古皆并举，从无单举者，而《邶》《鄘》《卫》之不可分亦不待言。又襄二十九之次序中，《豳》《秦》二风提在《魏》《唐》之前，此虽似无多关系，然《雅》《颂》之外，陈、桧、曹诸国既在后，似《诗》之次序置大部类于前，小国于后者；如此，则《豳》《秦》在前，或较今见之次序为胜。最可注意者，即此一段记载中并无风字。《左传》一书引《诗》喻《诗》者数百处，风之一词，仅见于隐三年周、郑交质一节中：其词曰："《风》有《采蘩》《采蘋》，《雅》有《行苇》《泂酌》。"此一段君子曰之文辞，全是空文敷衍，准以刘申叔分解之例，此当是后人增益的空话。除此以外，以《左传》《国语》两部大书，竟无《国风》之风字出现，而雅、颂两名词是屡见的，岂非风之一词成立本在后呢？《论语》又给我们同样的一个印象，《雅》《颂》是并举的，《周南》《召南》是并举的，说到"关雎之乱"，而并不曾说到"风之始"，风之一名词绝不曾出现过的。即《诗三百》之本文，也给我们同样的一个印象，《小雅·鼓钟》篇，"以雅以南"，明是雅、南为同列之名，非风、雅为同列之名。《大雅·崧高》篇所谓"吉甫作诵……其风肆好"者，风非所谓国风之义。孟子、荀子、儒家之正宗。其引《诗》亦绝不提及风字。然则风之一词之为后起之义，更无可疑。其始但是周南、召南一堆，邶、鄘、卫一堆，王一堆，郑一堆。……此皆对小雅、大雅一堆而为平等者，虽大如"洋洋盈耳"之《周南》《召南》，小如"自桧而下无讥焉"之《曹》，大小虽别，其类一也。非《国风》分为如许部类，实如许部类本各自为别。更无风之一词以统之。必探《诗》之始，此乃《诗》之原始容貌。

然则风之一词本义怎样，演变怎样，现在可得而疏证之。风者，本泛指歌词而言，入战国成一种诡词之称，至汉初乃演化为枚马之体。现在分几段叙说这个流变。

一、"风""讽"乃一字，此类隶书上加偏旁的字每是汉儒所作的，本是一件通例，而“风”“讽”二字原为一字尤可证：

《诗序》：“所以风。”《经典释文》：“如字。徐，福凤反，今不用。”按，福凤反，即讽（去声）之音。又“风，风也”。《释文》：“并如字。徐上如字，下福凤反。崔灵恩集注本，下即作讽字。刘氏云：动物曰风，托音曰讽，崔云：‘用风感物则谓之讽。’”《左传》昭五年注：“以此讽。”《释文》：“本亦作风。”又风读若讽者，《汉书集注》中例甚多，《经籍纂诂》辑出者如下：《食货志》下；《艺文志》；《燕王泽传》；《齐悼惠王肥传》；《灌婴传》；《娄敬传》，《梁孝王武传》；《卫青传》；《霍去病传》；《司马相如传》三见；《卜式传》；《严助传》；《王褒传》；《贾捐之传》；《朱云传》；《常惠传》；《鲍宣传》；《韦元成传》；《赵广汉传》三见；《冯野王传》；《孔光传》；《朱博传》；《何武传》；《扬雄传》上，二见；《扬雄传》下，三见；《董贤传》；《匈奴传》上，三见；《匈奴传》下，二见；《西南夷传》，二见；《南粤王传》；《西域传》上；《元后传》，二见；《王莽传》上，二见，《王莽传》下；《叙传》上；《叙传》下，二见；又《后汉书·崔琦传》注亦同。按，由此而观，风为名词，讽（福凤反）为动词，其义则一。

二、风乃诗歌之泛称。

《诗·大雅》："吉甫作诵，其诗孔硕，其风肆好。"又《小雅》："或湛乐饮酒，或惨惨畏咎。或出入风议，或靡事不为。"郑笺以为"风犹放也"，未安；当谓出入歌诵，然后上与湛乐饮酒相配，下与靡事不为相反。《春秋繁露》："'文王受命，有此成功。既伐于崇，作邑于丰'，乐之风也。"（《文王受命》，在《大雅》）《论衡》："'风'乎雩，风歌也。"按，如此解《论语》，"浴乎沂，风乎舞雩，咏而归"，然后可通。何晏注，风凉也，揆之情理，浴后晒干高台之上，岂是孔子所能赞许的？

据上引，《诗》之辞为风；诵之则曰讽（动词），泛指诗歌，非但谓十五国。又以风名诗歌，西洋亦有成例，如Aria，伊大利语谓风，今在德语曰Arie，在法语曰Air，皆用为一种歌曲之名。以风名诗，固人情之常也。

三、战国时一种之诡词承风之名。

《史记·滑稽列传》：

威王大悦，置酒后宫，召髡，赐之酒。问曰："先生能饮几何而醉？"对曰："臣饮一斗亦醉，一石亦醉。"威王曰："先生饮一斗而醉，恶能饮一石哉？其说可得闻乎？"髡曰："赐酒大王之前，执法在傍，御史在后，髡恐惧俯伏而饮，不过一斗径醉矣。若亲有严客，髡帣韝鞠䐜，侍酒于前，时赐馀沥，奉觞上寿，数起，饮不过二斗，径醉矣。若朋友交游，久不相见，卒然相睹，欢然道故，私情相语，饮可五六斗，径醉矣。若乃州闾之会，男女杂坐，行酒稽留，六博投壶，相引为曹，握手无罚，目眙不禁，前有堕珥，后有遗簪，髡窃乐此，饮可八斗，而醉二参。日暮酒阑，合尊促坐，男女同席，履舄交错，杯盘狼藉，堂上烛灭，主人留髡而送客。罗襦襟解，微闻芗泽，当此之时，髡心最欢，能饮一石。故曰：'酒极则乱，乐极则悲，万事尽然，言不可极，极之而衰'，以讽谏焉。"

此虽史公录原文，非复全章，然所录者尽是整语，又含韵词，此类文章，自诗体来，而是一种散文韵文之混合体，断然可知也。此处之讽乃名词，照前例应为风字。"以风谏焉”，犹云以诗（一种之诡词）谏焉，此可为战国时一种诡词承风之名之确证。至于求知这样的诡词之风是什么，还有些材料在《战国策》及《史记》中。《战国策》八记邹忌与城北徐公比美事，《史记》四十六记驺忌子以鼓琴说齐威王事，皆是此类文章之碎块遗留者。又《史记》七十四所记之淳于髡，正是说这样话的人，驺忌子、淳于髡便是这样“出入风议”的人，他们的话便是这样诡词，而这样的诡词号风。到这时风已不是一种单纯韵文的诗体，而是一种混合散文韵文的诡词了。《荀子·成相》诡诗尚存全章，此等风词只剩了《战国策》《史记》所约省的，约省时已经把铺陈的话变作仿佛记事的话了。然今日试与枚马赋体一比，其原来体制犹可想象得之。

四、孔子已有“思无邪”与“授之以政”之诗论，孟子更把《诗》与《春秋》合为一个政治哲学系统，而同时上文所举之诡词一体，本是篇篇有寓意以当谏诤之用者。战国、汉初，儒者见到这样的诡调之“风”，承袭儒家之政治伦理哲学，自然更要把刺诗的观念在解诗中大发达之，于是而“周道缺，诗人本之衽席，《关雎》作，仁义凌迟，《鹿鸣》刺焉”，于是而“《三百篇》当谏书”。《国语》云“瞽献曲，史献语”。一种的辞令，每含一种的寓意，如欧洲所谓Moral者，由来必远，然周、汉之间，《诗三百》之解释，至于那样子政治化者，恐也由于那时候的诡词既以风名，且又实是寓意之辞，儒者以今度古，以为《诗经》之作本如诡诗。而孟子至三家之《诗》学，乃发展得很自然矣。

五、由这看来，讽字之与风字，纵分写为二，亦不过一动一名，原始本无后人所谓“含讥带讽”之义，此义是因缘引申之义，而附加者。

六、我疑“论”“议”等词最初亦皆是一种诡诗或诡文之体，其后乃变为长篇之散文。《庄子·齐物论》：“六和之外，圣人存而不论，六合之内。圣人论而不议，春秋经世，先王之志，圣人议而不辨。”此处之论，谓理；议，谓谊；辨，谓比。犹云六合外事，圣人存而不疏通之，六合内事，圣人疏通而不是非之，春秋有是非矣，而不当其词，以成偏言。这些都不是指文体之名称而言者，然此处虽非指文体，此若干名之源也许是诡诗变为韵文者。《九辩》之文还存在，而以辩名之文，《九辩》外尚有非者。至于论之称，在战国中期，田骈作《十二论》，今其《齐物》一篇犹在《庄子》（考另见）。在战国晚年，荀卿、吕不韦皆著论（见《史记》）。然此是后起之义，《论语》以论名，皆语之提要钩玄处。《晋书·束皙传》：“太康二年……盗发魏……安釐王冢，得竹书数十车。……《论语·师春》一篇，《书》《左传》诸卜筮，师春似是造书者姓名也。”《左传》诸卜筮本是一时流行，至少在三晋流行之《周易》，师为官，春为名，当即传书之人。《左传》卜筮皆韵文诡诗，或者这是论一词之最古用处吗？议一字见于《诗经》者，“或出入风议”，应是指出入歌咏而言，如此方对下文“靡事不为”。又《郑语》：“姜，伯夷之后也，嬴，伯翳之后也。伯夷能礼于神，以佐尧者也。伯翳能议百物，以佐舜者也。”韦昭解，“百物草本鸟兽，议使各得其宜”，此真不通之解。上句谓伯夷能礼，下句当谓伯翳能乐，作诡诗以形容百物，而陈义理。如今见《荀子·赋》篇等。

约上文言：春秋时诡诗一种之名，入战国变成散文一种之体。现在且立此假设，以传后来之证实或证虚。

七、枚马赋体之由来。汉初年，赋绝非一类，《汉志》分为四家，恐犹未足尽其辨别。此等赋体渊源有自，战国时各种杂诗之体，今存其名称者尚不少，此处不及比次而详论之，姑谈枚乘、司马相如赋体之由来。枚赋今存者，只《七发》为长篇，而司马之赋，以《子虚》为盛（《上林》实在《子虚》中，为人割裂出来）。此等赋之体制可分为下列数事：

（一）铺张侈辞。

（二）并非诗体，只是散文，其中每有叶韵之句而已。

（三）总有一个寓意（Moral），无论陈设得如何侈靡，总要最后归于正道，与淳于髡饮酒，邹忌不如徐公美之辞全然一样。

我们若是拿这样赋体和楚辞校，全然不是一类，和《宋玉赋》校，词多同者，而体绝不同，若和齐人讽词校，则直接之统绪立见。枚、马之赋，固全是战国风气，取词由宋玉赋之一线，定体由讽词之一线，与屈赋毫不相干者也。淳于髡诸驺子之风必有些很有趣者，惜乎现在只能见两篇的大概。

因风及讽，说了如许多，似去题太远。然求明了风一词非《诗三百》中之原有部类之名，似不得不原始要终，以解风字，于是愈说愈远矣。

雅

汉魏儒家释雅字今可见者几皆以为“雅者正也”（参看《经籍籑诂》所辑）。然雅字本义经王伯申之考定而得其确诂。《荀子·荣辱》篇云：“譬之越人安越，楚人安楚，君子安雅。”《读书杂志》云：“引之曰：雅读为夏，夏谓中国也，故与楚越对文。”《儒效》篇“居楚而楚，居越而越，居夏而夏”，是其证。古者夏雅二字互通，故左辽齐大夫子雅，《韩子·外储说》右篇作子夏。杨注云：“正而有美德谓之雅，则与上二句不对矣。”斯年按，《荀子》中尚有可以佐此说之材料，《王制》篇云：“声则凡非雅声者举废。”又云：“使夷狄邪音不敢乱雅。”此皆足说明雅者中国之音之谓；所谓正者，纵有其义，亦是引申。执此以比《论语》所谓“子所雅言，诗书执礼皆雅言也”，尤觉阮元之说，以雅言为官话，《尔雅》为言之近官话者，正平可易。且以字形考之，雅、夏二字之本字可借古文为证。三体石经未出现风雅之雅字，然《说文·疋（“疋”同“雅”，下同）下》云，“古文以为诗大疋字”，然则三体、石经之古文雅字必作疋甚明。三体、石经、《春秋》中夏字之古文作是，从日从疋，是夏字之一体，正从疋声，加以日者，明其非为时序之字，准以形声字之通例，是之音训正当于疋字中求之也。

雅既为夏，夏既为中国，然则《诗经》之《大雅》《小雅》皆是周王朝及其士民之时，与夏何涉？此情形乍看似可怪，详思之乃当然者。一、成周（洛邑）、宗周（镐京）本皆有夏地，夏代区域以所谓河东者为本土，南涉河及于洛水，西涉河及于渭水，故东西对称则曰夷夏，南北对称则曰夏楚，春秋末季之秦公敲云“氡事蛮夏”，无异谓秦先公周旋于楚晋之间，而《左传》称陈、蔡、卫诸国曰东夏（说详拙著《民族与古代中国史》）。然则夏本西土之宗，两周之京邑正在其中。二、周人自以为承夏之统者，在《诗》则曰：“我求懿德，肆于时夏”，“无此疆尔界，陈常于时夏”。在《书》则曰：“惟乃丕显考文王，克明德慎罚，不敢侮鳏寡，庸庸祇祇，威威显民，用肇造我区夏。”〔说详拙著《新获卜辞写本后记》，跋见《安阳发掘报告》第二期三八四一五页（文中印刷错误极多）。〕然则周室王朝之诗，自地理的及文化的统系言之，固宜曰夏声，朝代虽有废兴，而方域之名称不改。犹之《诗经》中邶鄘本非周之侯封，桧魏亦皆故国之名号，时移世异，音乐之源流依故国而不改。音乐本以地理为例，自古及今皆然者，《诗》之有《大雅》《小雅》正犹其有《周南》《召南》。所谓“以雅以南”，可如此观，此外无他胜谊也。

颂

颂之训为容，其诗为舞诗，阮元说至不可易。详拙著《周颂说》，今不复述。

如上所解，则全部《诗经》之部类皆以地理为别，虽《颂》为舞诗，《雅》证王朝之政，亦皆以方土国家为部类者。有一现象颇不可忽略者，即除周诗以外，一国无两种之诗。鲁、宋有《颂》，乃无《风》，其实鲁之必有《颂》外之诗，盖无可疑。即就周诗论，豳王异地，雅南异统，雅为夏声，乃中国之音，南为南方，乃南国之诗。当时江淮上之周人殖民地中两种音乐并用，故可曰“以雅以南”。今试为此四名各作一界说如下：

《大雅》《小雅》　夏声

《周南》《召南》　南音（南之意义详《周颂说》）

王国　东周之民政

豳诗　周本士人成东方者之诗（说见后）

所谓四方之音

在后来所谓《国风》之杂乱一大堆中，颇有几个地理的头绪可寻。《吕氏春秋·音初》篇为四方之音各造一段半神话的来源，这样神话固不可当作信史看，然其分别四方之音，可据之以见战国时犹深知各方之声音异派，且此地所论四方恰和所谓国风中系统有若干符合，现在引《吕子》本文，加以比核。

甲、南音

> 禹行功，见涂山氏之女，禹未之遇，而巡省南土。涂山氏之女乃令其妾候禹于涂山之阳，女乃作歌，歌曰："候人兮猗。"实始作为南音。周公及召公取风焉，以为"《周南》《召南》"。

以"候人兮"起兴之诗，今不见于二《南》，然战国末人，必犹及知二《南》为南方之音，与北风对待，才可有这样的南音原始说。二《南》之为南音，许是由南国俗乐所出，周殖民于南国者不免用了他们的俗乐，也许战国时南方各音由二《南》一流之声乐出，《吕览》乃由当时情事推得反转了，但这话是无法证明的。

乙、北音

> 有娀氏有二佚女，为之九成之台，饮食必以鼓。帝令燕往视之，鸣若谥谥，二女爱而争搏之，覆以玉筐，少选，发而视之，燕遗二卵，北飞，遂不返。二女作歌，一终曰："燕燕往飞。"实始作为北音。

以“燕燕于飞”（即燕燕往飞）起兴之诗，今犹在《邶》《鄘》《卫》中（凡以一调起兴为新词者，新词与旧调应同在一声范域之中，否则势不可歌。起兴为诗，实即填词之初步，特填词法严，起兴自由耳）。是《诗》之《邶》《鄘》《卫》为北音。又《说苑·修文》篇，“纣为北鄙之声，其亡也忽焉”，《卫》正是故殷朝歌。至于邶、鄘所在，说者不一。

丙、西音

> 周昭王亲将征荆，辛余靡长且多力，为王右。还反涉汉，梁败，王及蔡公据汉中，辛余靡振王北济，又反振蔡公。周公乃候之于西河，实为长公（周公旦如何可及昭王时，此后人半神话）。殷整甲徙宅西河，犹思故处，实始作为西音。长公继是音以处西山，秦缪公取风焉，实始作为秦音。

然则《秦风》即是西音，不知李斯所谓“击瓮叩缶，弹筝搏髀”者，即《秦风》之乐否。《唐风》在文辞上看来和《秦风》近，和《郑》《王》《陈》《卫》迥异，或也在西音范围之内。

丁、东音

> 夏后氏孔甲田于东阳萯蔸山，天大风，晦盲，孔甲迷惑，入于民室。主人方乳，或曰：“后来，

是良日也，之子是必大吉。”或曰：“不胜者，之子是必有殃。”乃取其子以归曰：“以为余子，谁敢殃之？”子长成人，幕动坼橑斫斩其足，遂为守门者。孔甲曰：“呜呼，有疾，命矣夫！”乃作为《破斧》之歌，实始为东音。

今以《破斧》起兴论周公之诗在《豳风》。疑《豳风》为周公向东殖民以后，鲁之统治阶级用周旧词，采奄方土乐之诗（此说已在《周颂说》中论及）。

从上文看，那些神话固不可靠，然可见邶、南、豳、秦方土不同，音声亦异，战国人固知其为异源。

戊、郑声

《论语》言放郑声，可见当时郑声流行的势力。李斯《上秦王书》：“郑卫桑间……异国之乐也，今弃击缶而就郑卫。”不知郑是由卫出否？秦始皇时郑声势力尚如此大，刘季称帝，“朔风变于楚”，上好下甚，或者郑声由此而微。至于哀帝之放郑声，恐怕已经不是战国的郑声了。

己、其他

齐人好宗教（看《汉书·郊祀志》），作侈言（看《史记》孟子、驺子列传），能论政（看管晏诸书），“泱泱乎大国”，且齐以重乐名。然《诗·风》所存齐诗不多，若干情诗以外，即是桓姜事者，恐此不足代表齐诗。

《周南》《召南》

《周南》《召南》都是南国的诗，并没有岐周的诗。南国者，自河而南，至于江汉之域，在西周下一半文化非常的高，周室在那里建设了好多国。在周邦之内者曰周南，在周畿外之诸侯统于方伯者曰召南。南国称召，以召伯虎之故。召伯虎是厉王时方伯，共和行政时之大臣，庇护宣王而立之之人，曾有一番轰轰烈烈的功业，“日辟国百里”。这一带地方虽是周室殖民地，但以地方富庶之故，又当西周声教最盛时，竟成了文化中心点，宗周的诸侯，每在南国受封邑。其地的人文很优美，直到后来为荆蛮残灭之后，还保存些有学有文的风气。孔子称“南人有言”，又在陈蔡楚一带遇到些有思想而悲观的人，《中庸》上亦记载“宽柔以教，不报无道，南方之强也，而君子居之”。这些南国负荷宗周时代文化之最高点，本来那时候崤函以西的周疆是不及崤函以东大的（宣王时周室还很盛，然渭北已是猃狁出没地，而渭南的人，与散地为邻者当不远于镐京，已称王了。不知在汉中有没有疆土，在巴蜀当然是没有的。若关东则北有河东，南涉江汉南北达二千余里）。我们尤感觉南国在西周晚年最繁盛，南国的一部本是诸夏之域，新民族（周）到了旧文化区域（诸夏）之膏沃千里中（河南、江北、淮西、汉东），更缘边启些新土宇（如大、小《雅》所记拓土南服），自然发生一种卓异的文化，所以其地士大夫家庭生活，“鼓钟钦钦，鼓瑟鼓琴，笙磬同音。以雅以南，以籥不僭”。《周南》《召南》是这一带的诗，《大雅》《小雅》也是这一带的诗，至少也是由这一带传出，其较上层之诗为《雅》，其较下层之诗称《南》。南国盛于西周之末，故《雅》《南》之诗多数属于夷厉宣幽，南国为荆楚剪灭于鲁桓庄之世，故《雅》《南》之诗不少一部分属于东周之始。已是周室丧乱后“哀以思”之音。

二《南》有和其他《国风》绝然不同的一点：二《南》文采不艳，而颇涉礼乐：男女情诗多有节制（《野有死麕》一篇除外），所谓“发乎情，止乎礼义”者，只在二《南》里适用，其他《国风》全与礼乐无涉（《定之方中》除外），只是些感情的动荡，一往无节制的。

《周南》《召南》是一题，不应分为两事，犹之乎《邶》《鄘》《卫》之不可分，《左传》襄二十九，吴季札观乐于鲁，“为之歌《周南》《召南》”固是不分的。

诗的阶级

以地望之别成乐系之不同，以乐系之不同，成《诗三百》之分类，既如上所说，此外还有类分《诗三百》的标准吗？曰应该尚有几种标准，只是参证的材料遗留到现在的太少了，我们无从说确切的话。然有一事可指出者，即《颂》、《大雅》、《小雅》、二《南》，其他《国风》，各类中，在施用的场所上颇有一种不整齐的差异。《大雅》

一小部分似《颂》，《小雅》一小部分似《大雅》，《国风》一小部分似《小雅》。取其大体而论，则《风》《小雅》《大雅》《颂》各别；核其篇章而观，则《风》（特别是二《南》）与《小雅》有出入，《小雅》与《大雅》有出入，《大雅》与《周颂》有出入，而二《南》与《大雅》，或《小雅》与《周颂》，则全无出入矣。此正所谓“连环式的分配”，图之如下：

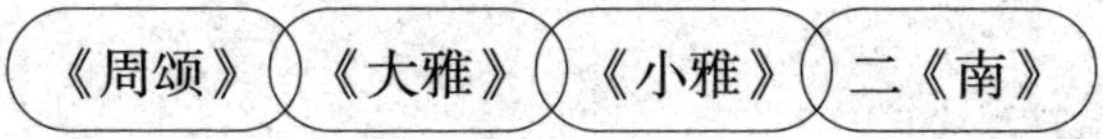

今试以所用之处为标，可得下列之图，但此意仅就大体言，其详未必尽合也。

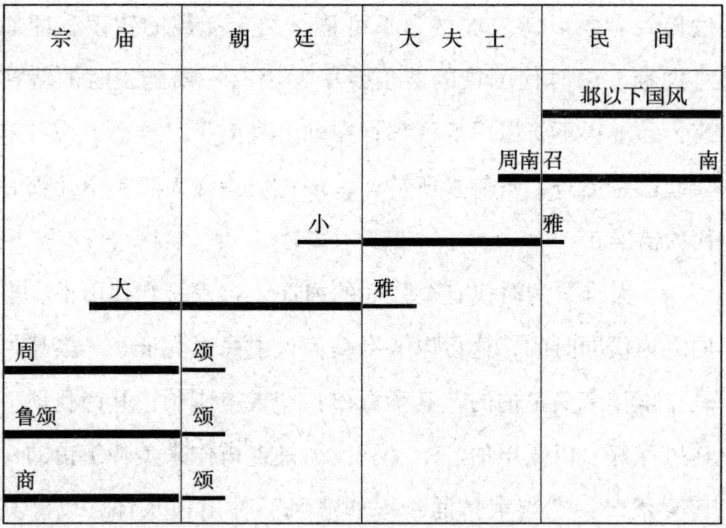

〔注〕《邶》《鄘》《卫》以下之《国风》中，只《定之方中》一篇类似《小雅），其余皆是民间歌词，与礼乐无涉（王柏删诗即将《定之方中》置于《雅》，以类别论，固可如此观，然不知《雅》乃周室南国之《雅》，非与《邶风》相配者）。

故略其不齐，综其大体，我们可说《风》为民间之乐章，《小雅》为周室大夫士阶级之乐章，《大雅》为朝廷之乐章，《颂》为宗庙之乐章。

诗篇之次序

今见《诗三百》之次序是绝不可靠的，依四始之义，这次序应该是不可移的，至少首尾如此。但这是后来的系统哲学将一总集化成一个终始五德论的办法，是不近情理的。不过传经者既以诗之次序为不可移，乃有无数的错误，即如《大雅》内时代可指的若干诗中，因有一篇幽王时的诗在前，乃不得不将以后的诗都算在幽王身上了。这个毛病自宋人起已看出来，不待多所辩证，现在但论《大雅》中几篇时代的错误。

《大雅》的时代有个强固的内证。吉甫是和仲山甫、申伯、甫侯同时的，这可以《崧高》《烝民》为证。《崧高》是吉甫作来美申伯的，其卒章曰："吉甫作颂，其诗孔硕。其风肆好，以赠申伯。"《烝民》是吉甫作来美仲山甫的，其卒章曰："吉甫作诵，穆如清风。仲山甫永怀，以慰其心。”而仲山甫是何时人，则《烝民》中又说得清楚：“四牡彭彭，八鸾锵锵。王命仲山甫，城彼东方。四牡骙骙，八鸾喈喈。仲山甫徂齐，式遄其归。”《史记·齐世家》：

盖太公之卒百有余年（按，年应作岁，传说谓太公卒时百有余岁也），子丁公吕伋立。丁公卒，子乙公得立。乙公卒，子癸公慈母立。癸公卒，子哀公不辰立（按，哀公以前齐侯谥用殷制，则《檀弓》五世反葬于周之说，未可信也）。哀公时纪侯谮之周，周烹哀公而立其弟静，是为胡公。胡公徙都薄姑而当周夷王之时，哀公之同母少弟山，怨胡公，乃与其党率营丘人袭杀胡公而自立，是为献公。献公元年，尽逐胡公子，因徙薄姑都治临菑。九年，献公卒，子武公寿立。武公九年，周厉王出奔于彘，十年王室乱，大臣行政，号曰共和。二十四年周宣王初立。二十六年武公卒，子厉公无忌立。厉公暴虐，故胡公子复入齐，齐人欲立之，乃与攻杀厉公，胡公子亦战死。齐人乃立厉公子赤为君，是为文公，而诛杀厉公者七十人。

按，厉王立三十余年，然后出奔彘，次年为共和元年。献公九年，加武公九年为十八年，则献公九年乃在厉王之世，而胡公徙都薄姑，在夷王时，或厉王之初，未尝不合。

周立胡公，胡公徙都薄姑，则仲山甫徂齐以城东方，当在此时，即为此事。至献公徙临菑，乃杀周所立之胡公。周未必更转为之城临菑。《毛传》以“城彼东方”为“去薄姑而迁于临菑”，实不如以为徙都薄姑。然此两事亦甚近，不在夷王时，即在厉王之初，此外齐无迁都事，即不能更以他事当仲山甫之城齐。这样看来，仲山甫为厉王时人，彰彰明显。《国语》记鲁武公以括与戏见宣王，王立戏，仲山甫谏。懿公戏之立，在宣王十三年，王立戏为鲁嗣必在其前，是仲山甫犹及宣王初年为老臣也（仲山甫又谏宣王料民，今本《国语》未纪年）。仲山甫为何时人既明，与仲山甫同参朝列的吉甫、申伯之时代亦明，而这一类当时称颂之诗，亦当在夷王、厉王时矣。这一类诗全不是追记，就文义及作用上可以断言。《烝民》一诗是送仲山甫之齐行，故曰：“仲山甫徂齐，式遄其归。吉甫作诵，穆如清风。仲山甫永怀，以慰其心。”这真是我们及见之最早赠答诗了。

吉甫和仲山甫同时，吉甫又和申伯同时，申伯又和甫侯一时并称，又和召伯虎同受王命（皆见《崧高》），则这一些诗上及厉，下及宣，这一些人大约都是共和行政之大臣。即穆公虎在彘之乱曾藏宣王于其宫，以其子代死，时代更显然了。所以《江汉》一篇，可在厉代，可当宣世，其中之王，可为厉王，可为宣王。厉王曾把楚之王号去了，则南征北伐，城齐城朔，薄伐玁狁，淮夷来辅，固无不可属之厉王，宣王反而是败绩于姜氏之戎，又丧南国之人。

大、小《雅》中那些耀武扬威的诗，有些可在宣时，有些定在厉时，有些或者在夷王时的。既如此明显，何以《毛序》一律加在宣王身上？曰这都由于太把《诗》之流传次序看重了：把前面伤时的归之厉王，后面伤时的归之幽王，中间一段耀武扬威的归之宣王。不知厉王时王室虽乱，周势不衰，今所见《诗》之次序是绝不可全依的，即如《小雅·正月》中言“赫赫宗周，褒姒灭之”，《十月》中言“周宗既灭”，此两诗在篇次中颇前，于是一部《小雅》，多半变作刺幽王的，把一切歌乐的诗，祝福之词，都当作了刺幽王的。照例古书每被人移前些，而大、小《雅》的一部被人移后了些，这都由于误以《诗》之次序为全合时代的次序。

《大雅》始于《文王》，终于《瞻卬》《召旻》。《瞻卬》是言幽王之乱，《召旻》是言疆土日蹙，而思召公开辟南服之盛，这两篇的时代是显然的。这一类的诗不能是追记的。至于《文王》《大明》《绵》《思齐》《皇矣》《下武》《文王有声》《生民》《公刘》若干篇，有些显然是追记的。有些虽不显然是追记，然和《周颂》中不用韵的一部之文辞比较一下，便知《大雅》中这些篇章必甚后于《周颂》中那些篇章。如《大武》《清庙》诸篇能上及成康，则《大雅》这些诗至早也要到西周中季。《大雅》中已称商为大商，且云“殷之未丧师，克配上帝”，全不是《周颂》中“遵养时晦”（即“兼弱取昧”义）的话，乃和平地与诸夏共生趣了。又周母来自殷商，殷士祼祭于周，俱引以为荣，则与殷之敌意已全不见，至《荡》之一篇，实是说来鉴戒自己的，末一句已自说明了。

《大雅》不始于西周初年，却终于西周初亡之世，多数是西周下一半的篇章。孟子说："王者之迹熄而《诗》亡，《诗》亡然后《春秋》作。"这话如把《国风》算过去是不合的，然若但就《大雅》《小雅》论，此正所谓王者之迹者，却实在不错。《大雅》结束在平王时，其中有平王的诗，而《春秋》始于鲁隐之元年，正平王之四十九年也。

（选自《中国古代文学史讲义》）

《诗经》中之“性”“命”字

论《诗经》中本无“性”字

《诗经》中之“生”字，其用法与今日无殊，不需举例，今但论“性”字。《诗经》中之“性”字仅出现于《大雅·卷阿》，其文云：

伴奂尔游矣，优游尔休矣。岂弟君子，俾尔弥尔性，似先公酋矣。

尔土宇昄章，亦孔之厚矣。岂弟君子，俾尔弥尔性，百神尔主矣。

尔受命长矣，茀禄尔康矣。岂弟君子，俾尔弥尔性，纯嘏尔常矣。

笺曰，“弥终也”，又曰，“乃使女终女之性命”。此固可证郑所见《诗经》已作性字，然此说实觉文义不顺。后世所谓惟命者，实即今人所谓生命。此章本为祝福之语，所谓“俾尔弥尔性”者，即谓俾尔终尔之一生，性固不可终，则此处之性字必为生字明矣。且此点可以金文证之：

叔俅孙父簋（啸下·五五，薛一四·一二八） 绾绰眉寿，永令弥底生，万年无疆。

大姑簋（恪一一·二二，代六·五三） 用祈丐眉寿绰绾，永令弥厥生，霝终。

齐𬷕镈（恪二·二一，代一·六七） 用祈侯氏永命万年，𬷕保其身。……用祈寿老毋死，保虞兄弟。用求考命弥生，肃肃义政，保虞子性。

《诗》所谓“弥尔性”在金文中正作“弥厥生”，其出现全在祈求寿考之吉语中。从此可知弥生即长生，从此可知《诗三百》中不特无论性之哲学如阮氏所附会者，即性之一字本亦无之也（参看徐中舒先生《金文嘏辞释例》，见《历史语言研究所集刊》第六本）。

《诗经》中之“令”“命”字

《诗经》中之“令”字与“命令”一义无涉者，有下列诸项：

（一）《毛传》以“令令”为缨环声者：

《齐风·卢令》“卢令令”。

（二）《郑笺》以“脊令”为雍渠者：

《小雅·唐棣》“脊令在原”。笺曰：“雍渠，水鸟。”

《小雅·小宛》“题彼脊令”。传曰：“脊令不能自舍。”

（三）《郑笺》以为训善者，或未明说，按其文义应与训善之“令”为一辞者：

《邶风·凯风》“我无令人”。笺曰：“令，善也。”

《小雅·蓼萧》“令德寿岂”。

《小雅·湛露》“莫不令德”。笺曰：“令，善也。”

同，“莫不令仪”。

《小雅·十月之交》“不宁不令”。笺曰：“天下不安，政教不善之征。”

《小雅·车舝》“令德来教”。笺曰：“喻王有美茂之德。”

《小雅·宾之初筵》“维其令仪”。笺曰：“令，善也。”

《小雅·角弓》“此令兄弟”，“不令兄弟”。笺曰：“令，善也。”

《大雅·文王》“令闻不已”。笺曰：“令，善。”

《大雅·既醉》“高朗令终”。笺曰：“令，善也。”

同，“令终有俶”。

《大雅·假乐》“显显令德”。笺曰：“天嘉乐成王有光光之善德。”

《大雅·卷阿》“令闻令望”。笺曰：“令，善也。”

《大雅·烝民》“令仪令色”。笺曰：“令，善也。”

《大雅·韩奕》“庆既令居”。笺曰：“庆，善也。”（按，此犹言善其善居也。）

《大雅·江汉》“令闻不已”。笺曰：“称扬王之德美。”

《鲁颂·閟宫》“令妻寿母”。笺曰：“令，善也。”

以上因字义之绝异，知其与令、命字无涉。所有郑笺以之训善之令字及其同类之令字，在《诗经》本书皆原作靇字，不作令字，其证如下。

上段所举“高朗令终”，笺以其中之“令”字训善者，当即后世所谓善终。此一吉祝辞，屡见于金文，皆作靇终，且有与令字同出一器者。从此可知训善之令，在金文皆作靇，与令绝不相混，亦不相涉也。如：

㝨　𣪘（啸下·五一）万年无疆，靇终靇令。（按，以后世通行字写之，当作“令终令命”。）

微緐鼎（薛一〇·九四）屯右眉寿，永令靇终，其万年无疆。（以后世通行字写之，当作“永命令终”。）

克鼎、（恪五·五）眉寿永令，需终，万年无疆。

颂鼎、（恪四·二三）万年眉寿无疆，畯臣天子，霝终。（按，此祝己福，非祝天子之福，犹云服臣于王，得保首领以没。畯臣当连下读。）

据此，《诗》中训善之令字古皆作平声之霝，不作去声之令。后人既以命字代令字，乃以令字代霝字。故凡此训善之令字皆可剔出，以其与命令之辞意无关也。兹更图以明之：

金　文　霝（平声）　令（去声）

↓　↓

今本《诗经》　令（当亦平声）命（去声）

上图仅表示今本《诗经》对金文书式大体之转变，非全数如此。如“灵雨既零”，灵字未改写令。“自公令之”，令未改写命，是也。

此训善之令字既剔出，则知今本《诗经》中之令字存原义者，仅有两处，未改写命字：

《齐风·东方未明》“自公令之”。上章言“自公召之”，则令即召也，即命也。

《秦风·车邻》“寺人之令”。笺曰：“必先令寺人，使传告之。”此外皆作命字，动用名用无别。（霝冬即令终，宋人已如此释金文。王怀祖先生更证明之，见《广雅疏证》卷一上“灵善也”及卷四下“冬终也”条。《诗》笺以为训善之令字原作霝，段茂堂已揭之，见《说文》令字注。）

《诗》中所有作动用之命字如下：

《小雅·出车》“王命南仲”。

同，“天子命我”。

《小雅·采薇》“天子命之”。

《大雅·崧高》“王命召伯”。（三见）

同，“王命申伯”。

同，“王命傅御”。

《大雅·烝民》“王命仲山甫”。（再见）

《大雅·韩奕》“王亲命之”。

《大雅·江汉》“王命召虎”。（再见）

《大雅·常武》“王命卿士”。

同，“命程伯休父”。

《周颂·臣工》“命我众人”。

《鲁颂·宫》“乃命鲁公”。

以上命自王。

《鄘风·定之方中》“命彼倌人”。

以上命自君。

《小雅·绵蛮》“命彼后车”。（三见）

《大雅·抑》“匪面命之”。

以上泛言命自在上者。

《大雅·文王》“上帝既命”。

《大雅·大明》“命此文王”。

同，“保右命尔”。

《大雅·假乐》“保右命之”。

《商颂·玄鸟》“天命玄鸟”。

同，“古帝命武汤”。

同，“方命厥后”。

《商颂·殷武》“天命多辟”。

同，“命于下国”。

以上命自天。

《诗》中所有自动词出而变作名词或形容词之命字，如下：

《郑风·羔裘》“彼其之子，舍命不渝”。（据惠栋、戴震、王国维诸氏说，舍训释，命则君王之命，《郑笺》失之。）

《小雅·采芑》“服其命服”。（笺云：“命服者，命为将受王命之服也。”）

《大雅·卷阿》“维君子命”。

《大雅·烝民》“明命使赋”。

同，“出纳王命”。

同，“肃肃王命”。

《大雅·韩奕》“韩侯受命”。

同，“无废朕命”。

同，“朕命不易”。

同，“以先祖受命”。

《大雅·江汉》“自召祖命”。

以上王命，或泛言在上者之命。

《唐风·扬之水》“我闻有命”。

《大雅·抑》“讦谟定命”。

以上亦自在上者之命一义出，引申为政令。

《小雅·十月之交》“天命不彻”。

《小雅·小宛》“天命不又”。

《大雅·文王》“其命维新”。

同，“帝命不时”。

同，“假哉天命”。

同，“天命靡常”。

同，“永言配命”。（又见《下武》）

同，“骏命不易”。

同，“命之不易”。

《大雅·大明》“有命既集”。

同，“有命自天”。

《大雅·皇矣》“受命既固”。

《大雅·文王有声》“文王受命”。

《大雅·既醉》“景命有仆”。

《大雅·卷阿》“尔受命长矣”。

《大雅·荡》“其命多辟”。

同，“其命匪堪”。

同，“大命以倾”。

《大雅·云汉》“大命近止”。（再见）

《大雅·江汉》“文武受命”。

同，“于周受命”。

《大雅·召旻》“昔先王受命”。

《周颂·维天之命》“维天之命”。

《周颂·昊天有成命》，“昊天有成命”。

同，“夙夜基命宥密”。

《周颂·思文》“帝命率育”。

《周颂·敬之》“命不易哉”。

《周颂·桓》“天命匪懈”。

《周颂·赉》“时周之命”。（又见《般》）

《商颂·烈祖》“我受命溥将”。

《商颂·玄鸟》“受命不殆”。

同，“殷受命咸宜”。

《商颂·长发》“帝命不违”。

同，“帝命式于九围”。

《商颂·殷武》“天命降监”。（笺曰，“天命乃下视下民”，故此句之命字为名用，与“天命玄鸟”之为动用者不同。）

以上天命。

《召南·小星》“寔命不同”。

同，“寔命不犹”。

《鄘风·蝃蝀》“不知命也”。

以上自天命之义引申而出，为“命定”之义。（“命正”“命定”诸解，均详中卷。）

据上文所分析，《诗经》中命字之字义，以关于天命者为最多，其命定一义，则后来儒墨争斗之对象也。所有《诗》《书》中之天命观，及东周时代此一线思想之演变，均详中卷。

（选自《性命古训辨证》）

宋朱熹的《诗经集传》和《诗序辨》

这两部书很被清代汉学家的攻击——其实朱子同时的人，早已有许多争论了。——许多人认它作全无价值的“杜撰”书。但是据我看来，他实在比毛公的传、郑君的笺，高出几百倍。就是后人的重要著作，像陈启源的《毛诗稽古编》、陈奂的《毛诗传疏》、马瑞辰的《毛诗传笺通释》，虽然考证算胜场了，见识仍然是固陋得很，远敌不上朱晦庵。我且分成三个问题，逐条回答。

（一）《诗经》里的“诗”究竟是什么

后来的学者都说它是孔子删定的“经”，其中“有道在焉”，决不是“玩物丧志”的。其实这话非特迂腐得可笑，并且就诗的本文而论，也断断讲不通。所以必须先把《诗序》根本推翻，然后诗的真义可见；必须先认定诗是文学，不是道学，然后诗的真价值可说。孔子在《论语》上论诗的话非常明白，决非毛公以下的学究口中的话。现在就用他的话，证明《诗》的性质。

“‘唐棣之华，偏其反而。岂不尔思？室是远而！’子曰：‘未之思也，夫何远之有？’”这是孔子删去的诗。孔子删去它的缘故，正为它说的不通，没有文学的意味。从此可见孔子删定的标准，只靠着文学上的价值。拿这章诗和《卫风》的《河广》来比，这章诗是无味的，那章诗是有味的（那章诗的本文是“谁谓河广，曾不容刀；谁谓宋远，曾不崇朝”）。因而去此存彼。

> 尝独立，鲤趋而过庭曰：“学诗乎？”对曰：“未也。”“不学诗，无以言。”鲤退而学诗。他日，又独立，鲤趋而过庭，曰：“学礼乎？”对曰：“未也。”“不学礼，无以立。”鲤退而学礼。

此节把诗、礼两事分得清楚。诗是文学，所以学了诗，语言会好的：有个雅驯的风度，去了那些粗浮固陋的口气了。礼是治身的仪节，所以学了礼，行事才有可方。道学先生讲的诗正是孔子说的礼。

> 子曰：“兴于诗，立于礼，成于乐。”

照这一节看来，可以见得孔子的教育，很注重美感的培养。诗是文学，所以能兴发感情。若如道学家的意思，不应当说“兴于诗”，应当说“立于诗”了。

子曰：“诵诗三百，授之以政，不达，使于四方，不能专对。虽多，亦奚以为？”

这节里说从政，是因为《诗经》里的《雅》多半说当日的政治和风俗，从政必须知道当日的情形，才可以“达”，所以孔子有这话，并不是学了诗然后“心正意诚，可以从政”。至于“专对”一说，同上面说的“无以言”一样。当日使命往来，总要语言讲究，所以有了文学的培养，才可以做“行人”。

子曰：“诗，可以兴，可以观，可以群，可以怨。迩之事父，远之事君。多识于草木鸟兽之名。”

所谓“兴”“观”“群”“怨”，都是感情上的名词、文学上的事件。至于事父、事君两句，大可为道学先生所藉口。但是仔细想来，孔子说这两句话，不过是把文学的感化力说重了（emphasized）。其意若曰，有了诗的培养，才可以性情发展得得宜，一切行事都见出效用来，和那些“夫妇之道，人伦之始”的说话，是不相干的。

就以上的证据，可以断定诗的作用只是文学一件事。胡适之先生的《中国哲学史大纲》里有一段说：

> 孔子是一个有文学眼光的人。他选那部《诗经》，替人类保存了三百篇极古的绝妙文章。这部书有无上的文学价值，没有丝毫别的用意。不料被后来的腐儒，以为孔子所删存的诗，一定是有腐儒酸气的。所以他们做造诗叙，把那些绝妙的情诗艳歌，都解作道学先生的寓言。如《周南》各篇，本多是痴男怨女、征夫思妇的情诗，那些腐儒却要说是“后妃之德，文王之化”。如《关雎》一篇，本写男女爱情，从无可奈何的单相思到团圆，所以孔子说“乐而不淫，哀而不伤”；腐儒偏要说是“后妃悦乐君子之德，慎固幽深，云云”。文学变成了道学。

这一段话说得痛快极了，同我的意见完全一致。我还记得去年曾对一位朋友说：“孔子独许子贡、子夏可与言诗。子贡是以言语著名的，子夏是以文学著名的。他两个有推此知彼的力量，用到文学上，最能兴发想象，所以可与言诗。若果《诗经》真是道学书，还要让颜渊、闵子骞干去了。”（但是这话很有点酸气。）

总而言之，诗是文学，可用孔子的话证明，可就诗的本文考得。诗是道学，须得用笺注家的话证明，须得离开诗的文笺，穿凿而得。我们既不便“信口说而悖传记，是末师而非往古”，还是就诗论诗，不牺牲了诗，去服从毛亨、卫宏的说话为是。

（二）《诗经》里的诗对于我们有甚么教训

现在虽然断定诗是文学了，但是从古以来的文学，正是多得很，为什么专来标举《诗经》呢？我自己回答这问题道：正因为《诗经》的文学，在中国的韵文里古今少有。现在我们想在四、五、七言诗，词，曲等类以外，新造一种自由体的白话诗，很有借重《诗经》的地方。换句话说，《诗经》虽然旧了，然而对于我们还有几条新教训哩！

《诗经》对于我们的第一条教训是真实两字。拿《诗经》和《楚辞》比，文章的情趣恰恰相反。《楚辞》里最动人的地方是感想极远，虽然是虚而不实、幻而不真，可也有独到的长处，但是这种奇想的妙用到了后人手里，愈弄愈糟了。起初是意思奇特，其后是语言奇特，最后是字面奇特；起初仅仅是不自然，结果乃至于无人性。《诗经》里的《国风》《小雅》，没有一句有奇想的，没有一句不是本地风光的。写景便历历如在目前，写情便事事动人心绪，画工所不能画的，它能写出来。如：

蒹葭苍苍，白露为霜。所谓伊人，在水一方。

溯回从之，道阻且长；溯游从之，宛在水中央。

日之夕矣，羊牛下来。

或降于河，或饮于池。或寝或讹，尔牧来思。何蓑何笠，或负其餱……麾之以肱，毕来既升。

手如柔荑，肤如凝脂，领如蝤蛴，齿如瓠犀，螓首蛾眉。巧笑倩兮，美目盼兮。

淇水在右，泉源在左。巧笑之瑳，佩玉之傩。

又有“声情兼至”，真是“移我情”的，如：

女曰“鸡鸣”，士曰“昧旦”。“子兴视夜，明星有烂”。

风雨潇潇，鸡鸣胶胶。

萧萧马鸣，悠悠旆旌。

燕燕于飞，参差其羽。之子于归，远送于野。瞻望弗及，泣涕如雨。

鹳鸣于垤，妇叹于室。洒扫穹室，我征聿至。

又有情事逼真，我们一想便堕落到里头的，如：

夏之日，冬之夜，百岁之后，归于其居。

其新孔嘉，其旧如之何？

谁谓荼苦，其甘如荠。宴尔新婚，如兄如弟。

毋逝我梁，毋发我笋。我躬不阅，遑恤我后。

采采卷耳，不盈顷筐。嗟我怀人，置彼周行。

微我无酒，以敖以游。……薄言往诉，逢彼之怒。……忧心悄悄，愠于群小。觏闵既多，受侮不少。静言思之，寤辟有摽。

昔我往矣，杨柳依依，今我来思，雨雪霏霏。

死生契阔，与子成说。执子之手，与子偕老。

有洸有溃，既诒我肄。不念昔者，伊余来塈。

彼黍离离，彼稷之苗。行迈靡靡，中心摇摇。知我者，谓我心忧；不知我者，谓我何求。悠悠苍天，此何人哉？

诸如此类的例，举不胜举。《大雅》和《颂》，因为被体裁所限制，应当另论外，若《国风》《小雅》里的诗，没有一句不是真景、真情、真趣，没有一句是做作的文章。为着这样的真实，所以绝对的自然，为着绝对的自然，所以虽然到了现在，已经隔了两千多年，仍然是活泼泼的，翻开一读，顿时和我们的心思同化。文人作诗，每每带上几分做作气，情景是字面上的情景，趣味是他专有的趣味。所以就在当时，也只得说是假文学。《诗经》的文章，有三种独到的地方：一、普遍；二、永久；三、情深言浅。这都是自然的结果。我们把《楚辞》和它对照一看，《离骚》里千言万语，上天下地，终不如《诗经》里的三言两语能够丰满啊！

《诗经》对于我们的第二条教训是朴素无饰。一句话，(Primitive)文学到了文人手里，每每要走左道。所以初民的文学，传到现在的社会里，仍然占据文学界的一大部。《诗经》的《国风》《小雅》既不是文人作的，又不是文化大备的时代作的，所以只有天趣，不见人工；是裸体的美人，不是"委委佗佗，如山如河"的"不淑"夫人。例如：

七月流火，九月授衣。春日载阳，有鸣仓庚。女执懿筐，遵彼微行，爰求柔桑。春日迟迟，采蘩祁祁。女心伤悲，殆及公子同归。

五月斯螽动股，六月莎鸡振羽，七月在野，八月在宇，九月在户，十月蟋蟀入我床下。穹窒熏鼠，塞向墐户。嗟我妇子，曰为改岁，入此室处。

二之日凿冰冲冲，三之日纳于凌阴，四之日其蚤，献羔祭酒。九月肃霜，十月涤场。朋酒斯飨，曰杀羔羊。跻彼公堂，称彼兕觥，万寿无疆。

自伯之东，首如飞蓬。岂无膏沐，谁适为容？

《七月》一篇，真是绝妙的"农歌"。此外的文章，也是篇篇有初民的意味——质直、朴素，因而逼真。即如《褰裳》的头一章说："子惠思我，褰裳涉溱。子不我思，岂无他人？狂童之狂也且！"可以说是鄙污极了。但是揣想那话的情景，只欢喜它的逼真、活灵活现，忘了它的鄙污了。后人作诗，意思尽管极好，文章尽管很修饰，情气每每免不了一个游字。《诗经》里全没有巧言妙语，都是极寻常的话，惟其都是极寻常的话，所以总有极不寻常的价值。Chaucer的*Tales*到了现在，还给一般人做师资，只因为是初民的（Primitive）文学。《诗经》对于我们的教训，也是如此。

《诗经》对于我们的第三教训是体裁简单。文章里最讨厌的毛病，是滔滔剌剌说个不休。后来的赋家是不消说的，很犯这病了。就是五七言的诗家、词家、曲家，也多半专求尽量地发泄，不知道少说比多说更有效。《诗经》的诗，除去《大雅》和《颂》有点铺张外，其余都合最简单的体裁。须知天地间的文章，最怕的是说尽了；最可爱的是作者给读者以极少的话头，却使读者生无限的感想。换句话说来，作者不把他的情景全盘托出，却使读者自己感悟去。《小雅》《国风》没有多说的话，因而结构没有松散的，因而没有没含蓄的，因而没有缺少言外的意境的。作者不全盘托出，就是使读者完全陷入。这是《诗经》里唯一的文学手段。

《诗经》对于我们的第四条教训是音节的自然调和。作诗断离不了音节，全没音节便是散文。但是这音节一桩事，颇不容易讲。律诗重音节了，只是它那音节全是背了天真，矫揉造作而成的“声病”。《诗经》里的体裁真可说是自由诗，然而音节的讲究，还比律诗更觉自然，更觉精致，押韵的方法不限一格，句里又有声韵的组织。双声叠韵的字上下互相勾连，成就了“一片宫商”。总而言之，《诗经》里的诗，体裁是自由的，押韵法是参差不齐的，句里边都是有声韵的组织的。这样又自由又精致的音节，是我们作白话诗的榜样（孔巽轩先生的《诗声类》讲《诗经》的韵法很详，钱晓征先生的《养新录》里也有一段论《诗经》里音节的组织的，都可参看；今人丁以此先生的《毛诗正韵》，我曾经见过稿本，实在是讲诗声最详最完的书）。

以上的四条，不过一时偶尔想到，顺便写了下来。其实《诗经》对于我们的教训，还不只此。约略来说，《诗经》可分两大项：一项是《国风》《小雅》，一项是《大雅》《颂》。后一项是后来庙堂文学的起源，我们对它不能得什么有益的教训。至于前一项，是二千年前的自由体白话诗，不特用白话做质料，并且用白话做精神；不特体裁自由，思想、情趣、意旨等项，也无一不自由。我们有这样的模范白话诗，当然要分点工夫研究一番了。

（三）为什么单要举出朱晦庵的《诗集传》和《诗序辨》

朱晦庵的这两部书在清代一般汉学家的眼光里，竟是一文不值了，其实这是很不公允的见解。据我个人偏陋之见，关于《诗经》的著作，还没有超过他的。先就训诂而论，训诂固然不是这部集传的特长，但是世人以为训诂最当的《毛传》，也不见有什么好处。如“施，移也”；“济济，难也”；“京，大也”；真个不通极了。后人不明白他的意思，“从而为之辞”，说他是说文字的本训。他明明白白是作《诗经》的注，偏牵连到文字的本训上，弄得意思愈加不明白了。算什么营生呢？又如“履帝武敏歆”一句，《毛传》的穿凿可谓达于极点了。平情而论，毛公只是个冬烘先生，幸而生得较早些，因而粗略记得几个故训；这可谓生逢其时的人，他自己何曾有深密的学问。后人说他和《左传》《周礼》互相发明，其实《左传》《周礼》是伪经，他和它们互相发明，更见其不安了。况且小序尚是卫宏作的，《后汉书》上有明文，《故训传》也就可想了，还不知道是真是假呢。郑康成的笺，实在比《故训传》好些。凡是笺传不同的地方，总是笺是传非。现在举一个例：《豳·七月》说“女心伤悲，殆及公子同归”。传说，“尔公子躬率其民，同时出，同时归也”。笺说，“悲则始有与公子同归之志，欲嫁焉”。这真比《毛传》通多了。我平日尝玩笑着说：“郑康成免不了几分学究气，还不至于像小毛公的冬烘气象。”《正义》一部书更是不足道的。每逢传笺反背的地方，他先替传说话，再替笺说话，自己和自己打架。这简直是明朝的大全、清朝的高头讲章了。宋朝人关于《诗经》的著作，零碎的多。训诂一层，除朱子的《集传》外，其他是全无所得的。清朝人对于《诗经》训诂，很有些整理发明的功劳。散见的不必说了，即以专书而论，《毛诗稽古篇》《毛诗传笺通释》《毛诗传疏》全是重要著作。但是这些著作都是依附着荒谬的《诗序》而作的，都有点“根本错谬”的毛病，所以一经讲起礼，谈起故，论到“诗人之义”来，便剌剌不休地胡说一片。朱子这本《集传》，在训诂上虽然不免粗疏，却少有“根本误谬”的毛病。他既把小序推翻了，因而故训一方面也就着实点儿，不穿凿了。况且朱子在宋儒中，原是学问极博的一个人。他那训诂，原不是抄袭来的，尽多很确当的地方。就是反对他的戴东原注起诗来，还不能不引用他呢。还有一层，我们读《诗经》，无非体会他的文章，供我们的参考，那里有整工夫去“三年而通一艺”地办呢？所以那些繁重的训诂，大可以不闻不问，还是以速议为是。朱子这部书虽然不精博，却还简单啊！

至于诗义一层，朱子这两部书真可自豪了。朱子是推翻《诗序》的。他推翻《诗序》的法子，只以《诗经》的本文证它的不通。这真可谓卓识了。《诗序》上的高子，就是孟子所说的“固哉高叟”。《诗序》从这种人的徒子徒孙做出来，还能要得吗？所以《关雎》等篇必定加上后妃，真个附会迂腐得可笑。后妃是谁，谁也说不清楚，至于“淑女”，更难定了。郑康成竟然硬把太姒安上；章太炎先生又异想天开地说，“文王与纣之事也。后妃淑女，非鬼侯女莫之任”，更曲喻穿凿了一大篇，读者不曾看完，必要发笑的。然而这事不能怪太炎，都是《诗序》上妄加后妃二字勾引出来的。总而言之，《诗序》的大毛病，是迂腐、穿凿、附会、妄引典礼、杜撰事实。“正心”“诚意”“修齐治平”（这几个名词虽然不是汉儒所重，但是《毛诗》已有这气象）的道气，已经很重了，所以自他而降，讲诗的人都不免有“先生帽子高”的气象。和《毛诗》同时或者较前的鲁、韩两家，都是道学派的诗。《韩诗外传》有很多的道气，齐诗、翼氏诸家，弄上些五行谶纬，道气变而为妖气，成了方士派的《诗学》（这都本胡适之先生的话；道学、方士两个名字，也是胡先生造的）。宋元人讲诗，都是学道派，其中还有几家把诗论政，大讲起功利主义的，尤其可笑。就是王柏疑诗，也还是道气重得紧。他敢于删诗，固算有强毅的魄力了，然而他所以疑诗的缘故，仍是道学先生恨情诗的心理，所以要删《郑》《卫》。只有章如愚的见解是极透彻的，他说：“正使学者深维其义，而后可以自得。诗人之义，不若《春秋》《易》之微，学者能深思之，不待序而自知。”这真透彻极了。程伯子是个聪明不过的人，对于《诗经》很有些远妙的见境。他虽然说《诗序》是国史做的，我们却可翻过来借他这话证明《诗序》的不可靠。因为他说，若“不是国史做的，孔子又如何凭空做出来”（这话的原文忘了，意思确是如此）。朱子这部《集传》也还有几分道气，但是它的特长是：

（1）拿诗的本文讲诗的本文，不拿反背诗本文的《诗序》讲诗的本文。

（2）很能阙疑，不把不相干的事实牵合去。

（3）敢说明某某是淫奔诗。

就这几项而论，真是难能可贵了。虽然它还有它的大缺点，但是总算此善于彼的。它虽不曾到了“文学的诗”的境界，却也在道学的诗派中，可称最妥当的，实在是有判断、有见识、能分析、能排众议的著作（朱子这两部书，很被当时人和后人攻击）。现在我把它解一番，奉请读者诸君：（1）学他的敢于推翻千余年古义的精神；（2）学他敢于称心所好，不顾世论的魄力；（3）再把《诗经》的研究更进一步，发明文学主义的《诗经》。

这篇文章写完之后，忽然想起《诗经》的诗，只有一种最大的长处，就是能使用文学的正义。文学的至高用处，只是形状人生，因而动起人的感情，去改造生活；绝不是丧志的玩物。《诗经》里的哀怨之词，虽然出在劳夫怨妇的口里，却含有许多哲义。这种“不平之鸣”，天地间的至文都如此的。所以《诗经》（专指《国风》《小雅》）的文学主义比它的文学手段更是重要，可惜我为篇幅所限，现在不能畅畅快快说了。

（选自《故书新评》）